Lieber Alex,

(Anthrokalyptiken)

Meine Güte, was für ein RIESENGeschenk Du hier bekommst... 😉 Sei nicht zu kritisch mit mir und viel Spaß beim Lesen!

Dein Christoph

Christoph Kolk

(Anthrokalyptiken)
Und dann ist es dir egal

Roman
parallelweg-N Verlag

1. Auflage 2010

© 2010 parallelweg-N Verlag, Berlin

Alle Rechte vorbehalten. Kein Teil des Werkes darf in irgendeiner Form ohne schriftliche Genehmigung des Verlags reproduziert oder unter Verwendung elektronischer Systeme verarbeitet, vervielfältigt oder verarbeitet werden.

Grafik und Satz: Dormeur duVal International
Druck und Bindung: Druckhaus Nomos, Sinzheim

Die Wahl der angewendeten Rechtschreibung und Satzzeichensetzung obliegt dem Autor

ISBN 978-3-00-030528-3

wegen C, F und M

Ein Beginn
9
Postskriptum
15
Ein Beginn – Fortsetzung
25
Erinnerung
39
Entschluss
49
Korrektur
59
Erwachsen
75
Das Chaos
89
Flucht
99
Glück
119
Schönheit
125
Die Einsicht
135
Angst
149
Gleichgültigkeit
155
Resignation
161
Ein Leben
169

EIN BEGINN

8. Januar 2011

Ich will nicht meine Grenzen austesten. Das wollte ich damals nicht. Es ging dann auch nicht mehr. Bevor ich dazu gekommen wäre, meine Grenzen überhaupt kennengelernt zu haben, wäre mir keine Zeit verblieben, diese auszutesten. Es war davon auszugehen, dass ich meine Grenzen auch gar nicht mehr kennenlernen würde, also für den Rest verdammt sein würde, ohne diese zu leben. (Von da an grenzenlos.)
Die Finger vom Schreibzeug erhebend hielt ich inne, als ob diese flache Wahrheit damit nur auf dem Papier weiterexistieren würde. Dann folgten ein Lachen und ein Schmerz, denn je untätiger der Stift diese Wahrheit im Schaft behalten sollte, umso mehr davon würde in mir bleiben, da nur noch wenig Zeit verblieb. Das ergab sich damals aus der seit Kurzem begrenzten Dauer der Ewigkeit und so schrieb ich weiter einen Bericht über ein Leben, dessen Inhalt und Ende feststand. In der Konsequenz war es das Nutzloseste, was man tun konnte, und für den verbleibenden Stummel meiner Existenz das schwerste Stück Blei, wie ich es unnötig als Ballast an der Wasseroberfläche hielt, schwer mit den Armen rudernd und nach den letzten Molekülen Sauerstoff kämpfend.
Jeder Gedanke versprach dabei nichts Neues und jede Betrachtung meiner Selbst entsprach vollstens und ehrlich und immer wieder ohnmächtig allen Erwartun-

gen. Und doch hörte es nicht auf, dieser menschliche Drang in mir, wie er anschob und herauswollte, wie er aus meinem gesunden Körper heraus den stumpfen Geist nach Antworten fragte, wie er klopfte und pochte mit all der irrationalen Energie an den schlecht verschlossenen Türen meines Bewusstseins; mein eigenes Ich auf beiden Seiten des Tores dort, wo die dunklen, tiefen Augen, fixiert in der Erwartung, am Boden des Blicks erkennen zu wollen, wie das ewig bekannte und monochrome Gewand des eigenen Daseins für mich einen anderen Sinn bekommen könnte. Wenige Tage verblieben mir nur, um zu finden und zu beschreiben, welches Leben mir gehörte, an welchem Ort ich den Sinn meiner Geschichte für ein Handgeld Glück eintauschen konnte, welches Schloss sich mit dem Profil meiner Person vielleicht doch noch öffnete.

Es war Winter, wie ihn nur der Januar kannte. Der Schnee kam in dieser Stadt ohne Wunsch und die letzten Flocken waren erst vor einigen Stunden als Teile des Himmels friedlich gefallen. Die kalte Temperatur erhielt bis jetzt die ursprüngliche Frische und Stille der weißen Decke, wie sie Straßen und Häuser, Felder und Bäume bedeckt hielt. In der Nacht malte der trockene Frost Eiskristalle an die Ränder der Fenster als ein winterliches Zeichen des anorganischen Lebens. Draußen in der klaren Luft bewegten sich die wenigen Lebewesen in müßigem Gang durch die niedrigen Temperaturen, während im Inneren der Wohnungen dunkle Farben und eine ruhige Wärme die Geborgenheit des zurückgezogenen Nestes hüteten. Nur ein dünnes Glas trennte die langsame Geschwindigkeit des Wohlgefühls drinnen von der langsamen Geschwindigkeit des strengen Wetters draußen. Mein Blick wanderte immer wieder durch das Kristall hindurch, an der Fassade der anderen Häuser vorbei in die Weiten des Nichts. Deutlich und schön kondensierte dabei mein stiller Atem an den kalten Scheiben. Mit allen Fingern der Hand zog ich Linien durch die matte Figur, welche mein Inneres dort nach jedem Ausatmen am Fenster hinterließ. Öffnete ich das Fenster, würde sich mit einem Mal der Schutz des warmen Zimmers nach außen hin verlieren und sich unkenntlich in den unerbittlichen Frost verteilen.

Die Fingerspitzen auf dem Glas lassend holte ich in einem konzentrierten Moment meine verlorenen Gedanken zu mir zurück. Noch war das Unfassbare meist verständlich gewesen. Bis zu der Erkenntnis, dass meine Welt nicht mehr viele dieser Wintertage sehen würde.

Aber wieso schreibe ich das auf? Aus welchem Grund setzte ich mich um diese Uhrzeit vor mein Notizbuch, um gegen ein Ende zu arbeiten? Immer dann, wenn ich mir in Gedanken rief, wie viel kürzer von jetzt an die Gegenwart sein würde, wurde mir klar, dass damit ein sinnloses Unterfangen beginnt. Wieder und wieder, wie der unschlüssige Vogel vom Futternapf aufsehend, blickte ich zur Uhr an der Wand. Es war 23:43h und nicht nur der Tag war vorüber. Kindlich lächelnd verteilte ich gleichermaßen Verständnis für die beiden einfachen Gedanken, wie sie mich zwischen dem Schreiben und damit Aufhören hin und her bewegten. Der eine Gedanke die Erfassung des damaligen Zustandes, wie er die Auflehnung gegen die Zeitlosigkeit begründete, der andere als das schnelle und bunte Leben, wie es für die letzten Momente schreiend beansprucht, gelebt zu werden (was immer das heißen wollte. Was konnte man in meiner Lage noch erleben, aus dem Stegreif? Der Gang

auf die Straße, eine verlassene Bar, viel Alkohol, im Gespräch mit zwielichtigen Personen, das Schmieden der großen Pläne als zusammengefasste Erkenntnis eines weiteren kümmerlichen Lebens auf der Suche nach dem letzten Krümel Protagonismus; der Besuch eines Bordells, endlich nutzloser Geschlechtsverkehr zu dritt, etc.?). Aus irgendeiner Perspektive gesehen gab es für den Moment andere Dinge zu tun, Sinnvolleres, als der abgekündigten Zukunft etwas zu erleben oder zu erstellen. Beide Gedanken einer lächerlicher als der andere. Abwegig erschien meine Situation alleine schon aus der persönlichen Sicht, betrachtend, dass man von nichts mehr etwas hatte oder mehr haben würde. Skurriler noch, so feststand, dass es keine Nachwelt geben würde. Berechtigung von Vergangenem nur durch Existenz einer Zukunft. Im Moment war beides nicht vorhanden.
Ein Zustand von Existenzlosigkeit, den es nicht gab, trat zwischen den Zeilen hervor. Vielleicht sollte ich aufstehen, um ihn zu empfangen. Sicher aber begrüßte ich mich selbst zur bedingungslosen Kristallisation aller menschlichen Fähigkeiten, um zu akzeptieren die Notwendigkeit, mit jemandem darüber sprechen zu müssen. Niemand war hier.

Einfach. Und zufrieden über eine Erkenntnis. Das Niedergeschriebene als Spiegel. Doch weshalb hatte ich oben rechts das Datum des heutigen Tages notiert? Im Sinne der Zeitlosigkeit war ein Datum nie unbedeutender gewesen, zu keinem Zeitpunkt nebensächlicher. Muss es über den Sachverhalt hinaus zu einem endgültigen Zeichen werden, wenn die einzige absolute Größe, die Zeit, durch das jetzige Ereignis zu einer relativen Größe geworden ist? Wenn wir in beiden Fällen, dem Ursprung der Zeit zum einen und dem die Zeit verändernden Ereignis zum anderen, von nicht anthroposophischen Ursachen sprechen, vielleicht. Durch das Erreichen eines Totpunktes werden die zeitlichen Momente bis dahin zu einer absurden und unfassbaren Einheit. Wie ein Damm, der sich mit einem Mal in das harmonisch dahinfließende Wasser eines Flusses stellt und dieses plötzlich und unerwartet aufstaut, so stand das zeitliche Ende des Lebens als haushohe Wand nun vor allem und schob die noch kommenden Momente gegen die Gegenwart. Mit einem immer größer werdenden Druck staute sich jede Stunde und jede Minute in die Richtung der Zukunft auf. Mit jeder Sekunde stieg der Widerstand des drohenden Endes gegen das Jetzt und stemmte sich sperrig und ungünstig gegen den Verlauf der Dinge.

Ich beobachtete das leise Arbeiten der alten Wanduhr in meinem Zimmer, wie sie unbeeindruckt der Zeit die antiken Zeiger über das runde Zifferblatt bewegte. War bisher das Ticken der Sekunden der Takthalter unseres inneren Pendels gewesen, so kämpfte nun der große schlanke Zeiger mit jedem Mal mühselig gegen die Interfrequenzen der Zukunft an. Glaubwürdig hatte man bisher bei jedem Betrachten der Uhr gewusst, die Gegenwart in Relation zu setzen. Es war immer genug Dauer vorhanden gewesen, um Zeiten des Wartens als lang und Zeiten des Wollens als kurz empfinden zu können. Hierfür wurde sich Zeit genommen. Andauernde Änderung des Absoluten, um es den relativen Anforderungen anzupassen. Ab jetzt würde keine Zeit mehr keine Wunde heilen.

POSTSKRIPTUM

Es war noch etwas Platz an dieser Stelle des Notizheftes, sodass ich die Zeilen hier im Nachhinein einfüge. Jetzt, wo mir am Ende dieses Berichts klar ist, warum ich ihn geschrieben habe.
Mit dem Setzen des letzten Satzzeichens am Ende dieser Geschichte, als alles Innere aus mir heraus war, reflektiert es nun von den Zeilen zurück, tropft als sichtbare Erkenntnis wie letztes Blut aus der kranken Lunge. Mit einem Mal war alles Geschehene keine Einbildung mehr, kein verblichenes Bild der Erinnerung und vor allem keiner dieser Wünsche, wie sie die ganzen letzten Jahre über in barocker Phantasie mir romantische Szenen in die eigene Person malten. Träume, die in so ungerechtem Verhältnis zur Einfachheit meines Daseins standen und mich nun in jeder Situation des grauen Alltags unbarmherzig durch ihre Schönheit und Sehnsucht bis zum heutigen Tag hin quälten.
Am Ende dieses Berichts springt es aus der Schrift hervor. Jetzt, wo alles offen liegt und erzählt ist, zeichnet sich dieser eine Abend ab, dessen Ende wir beide so weit von uns wegdrücken wollten. Die Buchstaben dieser Geschichte machen Platz für den Moment, als ich versprochen hatte, ein junges Gefühl festzuhalten. Als sich, kaum dreißig Jahre alt, die Knospen unserer Persönlichkeiten öffneten und wir uns wiedertrafen. Kurze Monate erst nachdem wir uns zuvor in einem Café kennengelernt und eine Leidenschaft entzündet hatten.

Dieser Abend im Restaurant war, so weiß ich jetzt, seit beinahe zwei Jahrzehnten taub und unschädlich konserviert gewesen, als bunt einbalsamierte Leiche im Keller meines scheinbar glücklichen Lebens.

Den ganzen Nachmittag hatte es damals geregnet gehabt. Die saubere Luft spiegelte sich im windstillen Wasserspiegel, der sich für die kommende Nacht in die Senken der Straßen legte. Ich war früh dran gewesen und hatte Zeit. Die Spannung auf ein Wiedersehen mit dir lebte in mir seit dem unruhigen Schlaf der Nacht und riss mich immer wieder und ohne Warnung den ganzen Tag über hin und her von einem Gefühl des Überschwangs hin zu einer melancholischen Verträumtheit – und zurück, ohne Erklärung. Als läge das Wiedersehen als unerlöstes Stück Zeit auf unserer Kreuzung des zu beschließenden Tages.

Verstreut, so wie die Passanten sich auf der Straße ihren Weg suchten, verliefen sich meine Gedanken, angeregt durch das bevorstehende Treffen, in Bildern von Erlebtem und Vorstellungen von Erträumtem. Die Absätze meiner Schuhe schlugen dazu den Takt im steten Gang und die Pflastersteine des Bürgersteigs liefen als Hintergrund vor meinen Augen vorbei. Ich hätte irgendwo sein können, so frei machte mich dieser Moment mit dem Ausblick auf dein Gesicht. Unbekümmert und grenzenlos machten sich meine Gedanken auf, die schönen Augenblicke zu anderen Orten zu tragen. Dieser Zustand besaß überall Gültigkeit. So wanderte ich auf Pariser Straßen, schlenderte in portugiesischen Gassen, sah zwischen den Häuserzeilen das Unendliche des Meeres. Frei im Bann der Energie, sprang ich kurz in einen kleinen Laden, holte mir die Tageszeitung und ein Lächeln der Verkäuferin.

Alles erschloss sich mir, machte Sinn, der Bettler in kauerndem Sitz ebenso wie der wütende Lärm des Verkehrs. Die Schaufenster an der Seite waren mir eines Blickes wert, das letzte Licht des Tages entlockte unerschöpflich und makellos jeder Oberfläche meines Weges eine warme Farbe.

Meine Wartezeit im Restaurant war fast länger geworden, als ich die Spannung auf dich aufrechterhalten konnte. Beinahe bereits, so kam es mir vor, hatte ich alle Züge des romantischen Erlebnisses in der Vorstellung schon durchträumt, noch bevor du überhaupt gekommen warst. Mein Blick haftete gerade am matt erleuchteten Stuck der hohen Decke des Saales, als dir der Stuhl mir gegenüber angeboten wurde. Dein erstes Lachen löste jeden Knoten.
Auf die Frage des Kellners nach der Rotweinwahl ließ dieser nicht zu, dass der Moment gestört war, und löste die Unwissenheit durch einen kommentarlosen Griff in das nahe Regal. Es dauerte etwas, bis die ersten Gänge unseren Magen langsam füllten, sodass der Wein seine Zeit hatte, unser Gespräch in weiches Verständnis zu kleiden. Mir fiel immer wieder der Glanz auf deinen Lippen auf, der Rahmen deiner Schönheit, Ausdruck deiner Worte und Licht deiner Person war. Weit ab machte das bedächtige Klirren von Geschirr die notwendige Kammermusik, um die Stille der Konversation nicht unangenehm werden zu lassen. Die Situation spielte uns damals in die Hand. Die Macht unserer Harmonie war größer, als dass irgendein Geschehnis den Hauch von Unangenehmem hätte hinterlassen können. So ließ ich nachsichtig die Gabel fallen, damit der Ober eine neue brachte, so entfloh dir ein Stück des Essens auf die

günstigste Stelle deiner Bluse, damit ich nett darauf reagieren konnte.

Im Augenwinkel bemerkte ich eine Person, wie sie seit einiger Zeit von Tisch zu Tisch ging. In ein für den kalten Regen dünnes Jackett gekleidet, kam er und bot in längerem Gespräch den Gästen etwas an. Erstaunt, dass in besser erkaufter Ruhe dies zugelassen sei, verweilte er ungestört und jeweils mehrere, lange Minuten an den Tischen, bis er auch zu uns kam.

„Pardon die Dame, der Herr! Mit freundlicher Genehmigung des hiesigen Lokals, mit welchem ich angenehmerweise verwandtschaftlich verbunden bin, darf ich mich ab und an bemühen, die Gäste für einen kurzen Moment zu behelligen." Seine Ausdrucksform erfüllte die Erwartung, die sein Auftreten geweckt hatte: beleibt, mit verschmitztem Ausdruck im faltigen Gesicht einem älteren, französischen Schauspieler gleich. Ein erster Blick auf ihn hatte mir allerdings bereits genügt, in der Regel löste ich leicht die Fesseln einer einnehmenden Person, sodass nach wohlklingendem Abschluss seiner Worte mein Interesse wieder dir galt, wie du dich in die gespannte Atmosphäre zurücklehntest.

Er gab uns eine Wahl, indem er hinzufügte: „Sie dürfen mir gerne über einen eventuellen Missmut Auskunft geben und ich soll so als ebenso glücklicher Mensch, seien Sie versichert, alsbald weiterziehen." Diesen Worten ein Lächeln nachschiebend und im Bewusstsein, keine Aufforderung zum Verlassen zu bekommen, fuhr er fort: „So möchte ich den Aufenthalt kurz halten und mein Anliegen darlegen.

Gewöhnlich suchen sich Menschen diesen Ort aus, um Besonderes zu feiern, Lebensabschnitte zu begehen." Mit einem wechselnden Blick zu uns versicherte er sich

seiner Vermutung. „Nun gibt es seit vielen Jahren in diesem Haus einen Brauch, gemäß dem Namen des Etablissements, seit über hundertundfünfzig Jahren schon bald, den Gästen symbolisch ein Element, hier in Form dieser kleinen Zeichnung, zu überreichen," dabei zeigte er vier schöne Postkarten, die in alter Zeichnung einen Clown im Spiel mit dem jeweiligen Element, Feuer, Erde, Luft und Wasser, darstellten, „sozusagen als schützendes Pfand, welches man bei Bedarf in Zukunft für ein wenig Glück einzutauschen vermag.
Der Gründer dieses Restaurants, ein Baron in sechs Generationen Vorsprung, führte dies ein, um sozusagen das Schicksal den Elementen zu übergeben, in einer Zeit sicherlich, wo noch das ein oder andere dem mächtigen Einfluss von Zufall, Glauben und sogar der Religion ganz und gar ausgesetzt war." Diesen letzten Satz beendete er mit einem Augenzwinkern und zog nach gespielter Überlegung die Karte mit dem Wasser hervor und gab sie dir in die Hand. „Es fehlt euch nicht der festen Verwurzelung in der Erde, noch dem Feuer einer jungen Leidenschaft oder der Luft zum Atmen," erklärte er feierlich, „aber ein Schluck Wasser zum Wein möchte es doch sein!" Mit einem Lächeln drehte er sich in Richtung der Bar und verlangte eine Flasche Wasser für das junge Paar, um dann in höflicher Verbeugung zum nächsten Tisch zu gehen.
In einvernehmlichem Schmunzeln zogen wir die Gardinen unserer Zweisamkeit wieder etwas zu, legten die Karte beiseite und widmeten uns erneut dem Essen. Der beleibte Herr war bald vergessen und die Umgebung wurde leiser. Die Freude an der Zweisamkeit verdrängte schnell die flache Botschaft über die Bedeutung des Elements.

Die scheinbar einfachen Dinge wuchsen wieder zu neuer Schönheit. Das einfache Einschenken des anderen Glases, der Blick hoch vom Teller, der Ansatz zu sprechen unterbrochen vom Wunsch, den anderen anhören zu wollen. Jeder Gang bot Gelegenheit, durch den einfachsten Kommentar die Wellen der weichen Verständigung in Bewegung zu halten. So verging die Zeit. Im Innersten meines Selbst brachte ein warmes Gefühl von unendlicher Vertrautheit die letzten Zweifel und Sorgen zum Verstummen. Nur noch der Blick in dein Gesicht und in das Licht deiner Augen hatte zeitlos Bestand. Für Stunden, Minuten, für ewig? Dieser Tag wird keine Verluste haben.

Jetzt dauerte es nicht mehr lange, dann würde die innere Geschwindigkeit über die zulässige des Moments herausbrechen. Das gute Gefühl quoll stetig von innen hervor und stülpte sich über die eigene Wahrnehmung. Ich wollte dich jetzt ausbreiten. Ab jetzt irrationales Besitztum, Antwort auf die freien Nachmittage. Zu viel Zukunft und zu wenig Vergangenes, beides im selben Raum.

Für einen Augenblick entschuldigte ich mich. Als wäre gerade der letzte Strich auf einem Gemälde gezeichnet, um es für immer in makelloser Komposition zu halten, so spürte ich plötzlich und unmittelbar den Drang, aufzustehen und so schnell wie möglich dem Weiteren zu entfliehen. Das Fortführen unserer Kommunikation, unserer Präsenz, die Spannung der Möglichkeit war an einem Punkt, so spürte ich, der sich nicht steigern ließ.

Für einen Moment war alles weiß; die Farben des Lebens waren vollkommen gemischt.

Die Gegenwart neigte sich und zog den Horizont als Strich nach unten. Vor uns wurde es tiefer; vor uns lag das Unbekannte im Schatten eines Grabens. Alles, was jetzt kommen würde, wäre die Überreaktion eines Systems gewesen, welches den perfekten Zustand der Harmonie aber nie erreichen durfte, weil es ihn damit zerstört hätte. Das Entstandene noch weiter zu strapazieren würde die kostbarste Zutat nehmen, welche für das vollkommene Glück notwendig war: die Sehnsucht danach.

Noch im Einklang erhob ich mich vom Stuhl, legte die Serviette neben den Teller und ging Richtung der Toiletten. In einer Eingebung, die ich nicht erfassen konnte, machte ich, deinem Blick bereits entschwunden, allerdings kehrt und trat vor die Tür des Restaurants ins Freie, ohne Jacke, wie ich war. Auf den fast leeren Straßen hielt zunächst vor mir eine Straßenbahn, um einen Passagier zu entlassen und gleichbedeutend wieder anzufahren. In schneller Amnesie – als wäre das Geschehene ohne Bedeutung – galt meine Wahrnehmung nur noch der Kälte, die meinen ganzen Körper umgab. Ohne Nachsicht auf die Welt hinter mir hob ich den Kopf. Es blieb die reine Luft, die Gebäude lehnten sich zurück.

Jetzt am Ende meines Berichts verstehe ich seinen Sinn. Wie die ewige Steinskulptur, makellos und immer vorhanden, so liegt vor mir die Erinnerung an diesen einen Moment im Restaurant, als Glück und Freiheit sich unwiderruflich erkannten. Das Schreiben war der Wind, der die Sandkörner der Zeit davonblies, welche sich in die feinen Ritzen der Skulptur gelegt und diese zur Unkenntlichkeit bedeckt hatten.
Alles legte die Instrumente nieder, die Komparsen verrichteten ihre Arbeit im Stummen, das Licht gedämpft

hatte ich endlich auch die Worte meines Vaters im Kopf, wie er sie mir als unbekannter Mann in einsamer Frühe und zufälliger Begegnung am Hafen ins Gedächtnis legte. Nach langem Schweigen, ihn unbekannt als obdachlos abgetan, kannte er mein Schicksal. „Mach es nicht wie ich", sagte er mir damals auf der grünen Holzbank, „folge nicht dem Gedanken deines Kopfes, sondern dem Impuls deiner Seele!"

Alles andere war konsequenzlos. Das kommentarlose Quittieren der Rechnung des mündigen Lebens als emotionsbereinigtes, kaum merkliches Auslaufen großer Erregungen anderer Menschen piezotätisch in herbeigeschworene Wallung bringend. Wer einmal am Punkt des komplettierten Momentes angelangt, die hauchdünne Grenze fühlen durfte im Neutrum der Emotionen, welche für nur wenige Zeit prismatisch Einblick bietet in das klare Verständnis aller Dinge im Zusammenspiel mit der Ratio des Menschen, einem übergeordneten Gleichgewicht aller zeitloser Materie, wie sie konstituiert, die reinsten und unschuldigsten Konstrukte mit dem erlösenden Stab, dem Höchsten: dem Glauben an eine Helena, dem Glücksgefühl, rhythmisch in Bewegung haltend, nuancierend die unscheinbaren Asynchronitäten des Verständnisses; der an diesem Punkt steht, hat alles und sieht ins Nichts. Kein Moment im Sinn der Dauer als zeitloser Zustand, Fühlen eines wunschbefreiten Lebens, die Bedingungslosigkeit der nun machtlosen Bedürfnisse. Ein kognitives Feuerwerk, neuronaler Wolkenbruch, Glück in ungleicher Menge selbstlos verteilt. Die stehende Geschwindigkeit, das alles zu begreifen, direkt sich stur durch das Kaleidoskop der universalen Möglichkeiten windet und sich ausrichtet am permanenten Zustand, wenn Erklärtes zur eigenen Erklärung wird, Erschafftes zur Hoffnung, Erkanntes zum Glauben. Der Kreis aller Religionen sich schließt und die letzte schützende Hand die eigene ist, die sich fürsorglich über die eiternden Wunden der vermeintlich notwendigen Eitelkeiten eines jeden neuen Lebens legt; ein Leben, das immer wieder kommt und mit leuchtendem Mal auf der Stirn Zeugnis ablegt vom Verschmelzen aller Energien, dann, wenn das letzte Molekül des Geistes in bittendem Verständnis ausruft zur ewigen Liebe. Dann ist es erreicht. Dann bedarf es keiner weiteren Worte. Der Zustand ist erkannt. Der Körper gehört dem Jenseits.

EIN BEGINN – FORTSETZUNG

Der Bleistift drückt zu stark ins Papier. Es roch nicht nach Frühling, weil das Fenster geschlossen war und es noch Januar war, trotzdem. Ich konnte eine Pause machen und die Notizen niederlegen, waren jetzt meine Gedanken. Mit ein paar Schritten durchquerte ich dann immer wieder das Zimmer, das ich bewohnte, und stellte weiterhin fest, dass alles zu jedem Zeitpunkt gleich bleiben konnte. (Alles ist gleich anders in Relation.) In der Zwischenzeit brach draußen ein System zusammen, das unseren Lebensraum konstituierte. Je mehr ich daran dachte, desto schlechter stand es darum. In der plastischen Vorstellung über die Vielfalt des hierfür notwendigen Leidens schaltete sich mein Verstand zurück auf die Ebenheit der Tischoberfläche und übermittelte das korrekte Empfinden, wie ich sanft, fast behutsam mit den Spitzen der Finger über das Holz strich. Es war eine, vielleicht zusätzliche Gedankenübung, sich vorzustellen, dass alles seine Ordnung hatte. Im Zimmer war geheizt, Gegenstände des Alltags verräumt, Dinge gestapelt in Regalen. Stift und Papier lagen nahezu adrett auf dem Tisch, darunter ein Stuhl. Pflanzen wuchsen, Bäume standen in der Erde verwurzelt. Menschen lebten und beschäftigten sich. Tiere strichen über das Land, Ampeln schalteten auf Farben, Regierungen wurden gebildet. Die Atome formten seit antiker Definition die Materie, welche alles Bekannte und bis auf Weiteres auch das Unbekannte zusammensetzte. Die Erde drehte sich um sich selbst und um die Sonne, zusammen mit anderen Planeten, auf welchen nicht immer Januar war. Überall gab es Stau, sogar irgendwo.

Dazwischen befand sich unbedeutend mein Leben. Und in diesem Leben ein letztes Stück gelben Sandes, das sich unerbittlich in den Grautönen meiner Erinnerung festgesetzt hatte. Für diesen Sand, der zu jedem Gedanken in den Zahnrädern meiner Nervenzellen bedeutend knirschte, konnte ich nichts. Ich war einzelnes Opfer eines Schicksals, weil ich in diesem einen Moment einem Gefühl nachgegeben hatte. Und diesen winzigen Spalt in der harmonischen Komposition meines bisherigen Lebens hatte jemand gesehen und schneller noch, als ich die Tür zu meiner Person wieder zuziehen konnte, hatte dieser jemand den Fuß darin. (Mein Glück mir dir. Dein zufälliger Auftritt als Teil meines Lebens.)
Von diesem Zeitpunkt an hatte der stete Tropfen des suggerierten Glücks einer nie vorhandenen Zweisamkeit die Wahrnehmung meines eigenen Selbst für immer betäubt. Grausam erscheint mir selber die Vorstellung, dass ich für mich noch einmal die gesamte Wahrheit darstellen soll, wie sie sich über die vielen Jahre unseres Zusammenlebens als blutiges und eitriges Geschwür in den hilflosen Seelen unserer winzigen Persönlichkeiten gebildet hatte, um endlich den störenden Sand aus dem Getriebe der Erinnerung loswerden zu können.
Es wird notwendig sein, unsere Geschichte zu erzählen, denn erst dann vermag ich mit der Erkenntnis über die Wahrheit die tiefen, schmerzenden Furchen im damals gefundenen und jetzt zurückgelassenen Sinn heilen zu können. Vielleicht bevor diese mich zersetzten. So sehe ich uns wieder vor meinem Auge, wie wir bunt und

gesund das Leben eines glücklichen Paares in der modernen Stadt leben. Ein Ereignis folgte dem nächsten, in ihrer Form makellos, aber in ihrer Wirkung verführend. Zäh und langsam blitzen Fetzen der Erinnerung an damals durch den nun wirr gewordenen Kopf. Ich sehe dich jetzt wieder deutlich, als du das Café betratst.

Zurück am Schreibtisch plante ich, im Winter, für die Zukunft, sitzend und umsonst. (Ich versuchte also konkrete Gedanken über dieses und jenes.) Hierfür hatte sich nichts geändert. Weder am Vorgang noch am Inhalt. Eine ganze Vielfalt von Möglichkeiten für mein Leben stand mir offen – wie den anderen auch –, zu denken und zu handeln, zu kümmern, Freude und Frust zu spüren. Auch an mein Umfeld kann ich denken, dachte ich. Ganz normal würde ich mir aus dieser Situation heraushelfen. Als reines Geschenk des von Beginn an unschuldigen Daseins im System der unausgeglichenen Bedürfnisse seiner selbst sowie seiner Umwelt gegenüber. Dazu benutzend das vorliegende Rezept zu Ordnung und Formation des Zusammenlebens, mit den Zutaten Freiheit, Meinung, Rücksicht und einem Nachtisch Verstand. Über die Jahrhunderte oft zubereitet, kaum gekostet. Der Zug der Dinge brachte mich immer weiter hinauf. Ich rettete mich selber in den Momenten der Unruhe durch künstlich hergestellte Einsichten. Vor einigen Tagen noch, als die Erinnerung noch schlief, erwachte ich und die Strahlen der ersten Wintersonne hatten den Tag für mich noch als ein buntes, ruhiges, vollkommenes Idyll gezeichnet. Das Leben war frisch und saftig erschienen wie ein leichter Spaziergang im immergesunden Urwald. Satte Farben mengten sich mit frischen, bunten Düften und jedes noch so kleine Geräusch fiel symphon zum lautlosen Kondensieren der aus dem Morgentau entstandenen Tropfen am grünen Blatte. (Nie war das Leben schöner gewesen. Nie waren die Dinge vollkommener.)

Es ergriff sich. Es bewegte sich etwas in einem selbst. In Körper und Geist. In Windeseile und Blitzestakte stieg mit jeder Sekunde das endorphingeladene Glück durch den Körper, eben im Gegensatz zu früher. Mein Leben war randvoll gewesen und ich ließ, immer wieder, noch einmal Wasser nachlaufen. Sollte sich hier die Temperatur zur Ungemütlichkeit ändern? Oder würde jetzt gar der Hahn zerschmettert werden? Ein Ende gesetzt werden? Half auch kein Klempner mehr? Oder verweigerte ich bloß, im kalten Vorzimmer des Bewusstseins den Mantel der Realität vom Haken zu nehmen?
In einem Ruck der Wahrnehmung stellten sich diese Gedanken in neuer Einbeziehung und frischer Reflexion der weiterhin stattfindenden Realität als kindlich eindimensional heraus. Selbst eine nicht existierende Nachwelt würde die individuelle Einfältigkeit von der Größe eines lösungsschwangeren Andersdenkens unterscheiden können. Vor mir selbst würde ich die Frage stellen, welcher Gedanke mich über das Dasein bringen könnte. In Regungslosigkeit saß ich noch Stunden, obwohl das Fenster geschlossen blieb.

9. Januar 2011

Die Zeit steht still. Ich hatte es genau beobachtet. Es war vier Uhr in der Früh, seit mehreren Stunden schon. Ich lag im Bett und konnte nicht schlafen. Es waren die eigenen Augen, die mich wach hielten. Die Möglichkeit,

zu schlafen, fällt immer als erste weg. Über mir hörte ich Schritte einer anderen Person ohne Schlaf, während es im Zimmer kalt zu werden schien. Bisher hatte ich Heizkosten gespart. (Ich suchte das „her" in bisher, sonst hätte ich umsonst gespart.)
Im klaren Bewusstsein verbleibt der Zweifel. Erst beim Blick in den Spiegel, das Gesicht noch nass, ernüchterte das Wissen geschmacklos den Wunsch nach Traum. Folgte man den Nachrichten, gesetzt man folgte ihnen wirklich, den Meldungen über den Untergang des Lebensraumes, so erstarrte im selben Moment die Zukunft wie heißes Blei im Wasser zur amorphen und diskussionslosen Figur. Ohne Zeit war die Zukunft nicht mehr formbar und keiner blickte mehr gespannt darauf in der Hoffnung, es würde sich etwas daraus ergeben können. In den ruhigen Stunden der Nacht brauchte ich einige Zeit, um dem Satz über das Ende des Planeten Erde die richtige Einschätzung geben zu können. Welche Erde war zu Ende?
Zu den Gedanken, die ich mir machte, senkte ich (natürlich) den Kopf, weil es besser war. Die Unlösbarkeit hatte die Probleme eingeholt – eigentlich schon immer. Zu meiner privaten, ganz eigenen Verwirrung (und wie ich mit ihr fertig werden musste) gesellte sich die Nachricht vom kollektiv zu erlebenden Schlusspunkt und dem verwachsenen Portfolio der notwendigen Ursachendiskussion, wie sie einmalig nur die irrationale Dynamik des Menschen und seines konkurrenzsüchtigen Zusammenlebens hervorbringen konnte. Grenzen zu meiner Person gingen mir dabei unverschämterweise verloren (musste ich doch erst mal mit mir selber fertig werden. Aber). Wer hatte feststellen mögen, ob früher oder später, universell, durch die Natur der Dinge, Zufälle oder im

notwendigsten Fall durch Religion, sich ein jeder Knoten lösen lässt? Vielleicht alle zusammen einstimmig? (Eine bequeme Hygiene der Psychologie in logischer Dosis!)
Beim Versuch, meine Handlungsmöglichkeiten für diesen Moment zu begreifen, entzog mir der Gedanke an die verschwenderische Kurzsichtigkeit eines jeden in der Summe zusammen mit der beschleunigten Fähigkeit, Probleme durch Probleme zu ersetzen, immer wieder das Gerüst zu einer begreifbaren und handfesten Hoffnung. (Was kann der Mensch.)
Wer öffnet denn gerne mit beiden Armen das Fenster zur Erschöpfbarkeit, zur endlosen Steigerung auch der einzelnen Bevölkerung, zur eigenmächtigen Veränderung von über Jahrmillionen gereiftem Erbgut? Welche physikalische Grenze bedeutet noch eine, wenn die eigene Logik erlaubt, Metamaterie unter dem absoluten Nullpunkt (mit gasförmigem Metall) kühlen zu können? Wer beugt sich hinaus und verurteilt die einzelne Ethnie, wie sie immer noch, weil unangepasst, auf der Suche nach dem Gold der erfolgsorientierten Leistungssysteme in Stammeskämpfen blutig ertrinkt? Wenn alle wegschauen, dann sehen wir in alle Richtungen. Noch in der Talabfahrt wird die Schwerkraft neu berechnet. In Glasmasken und Atemkästen wird die Forschung an der eigenen Beschränkung auf immer kleinerem Raum immer weiter beschleunigt, die Lichtgeschwindigkeit im Heimatkundemuseum ausstellend. Kurz vor dem Aufprall meldet sich das Individuum und rechtfertigt das Dasein jedes Einzelnen in der heutigen Zeit automatisch. (Irgendwo zwischen Resignation und geglaubter Erkenntnis.)
(Bin ich ohnmächtig oder unfähig, zu handeln?) Ist erst der Boden nah, die Härte des Asphalts spürbar, rechtfer-

tigt sich jedes Mittel. Damit war keinem etwas vorzuwerfen, tat er es doch für sich, für Freiheit und Entfaltung. Immer im Prinzip möglich und als Konzept einstimmig beschlossen. Dabei frage ich mich, warum ich das Geschehene nicht schilderte? War es bereits belanglos? Konsequenzen des Geschehenen konnten dabei nicht gemeint sein, aber deren Hergang und Vorgang. Es gibt immer einen Weg.

Ich konnte mich entsinnen, vor einigen Tagen noch in einem Café gesessen zu sein. In einer anderen Gegenwart, die lange her war. In diesem Café war ich bisher nicht gewesen. Der saalartige Hauptraum, worin alte, dunkle Holztische und Stühle verteilt waren, war mit hohen Decken versehen. Die breiten Gänge erreichten zwischen den auf den ersten Blick willkürlich aufgestellten Tischen, durch die frei gelassenen Flächen eine ungezwungene Atmosphäre. Trotz des vielen Raums war die Luft dicht gefüllt mit Essensgerüchen, Rauch und menschlichen Erlebnissen. Mit einem Platz direkt an der großen Fensterscheibe wärmten mich noch die letzten Strahlen der tief liegenden Wintersonne. Außerhalb zog sich eine breite Straße vorbei, deren letzte Pflastersteine sich unmittelbar an die bodentiefe Glasscheibe anschlossen. Mein Bein wippte sogleich auf die kalten Pflastersteine herüber.
In der Ausgeglichenheit meines Momentes im warmen Inneren hatte die vorbeigehende Zeit draußen keine Rolle gespielt. In ihrem eigenen Tempo gab es Augenblicke der Langeweile, in welchen die Zeit stockte, aber gerade jetzt war es eine Weile, die schneller als die Chronologie des Tages zu gehen schien. Ich sparte also Zeit durch das gute Gefühl. Das und die Klarheit des

Verstandes gab mir Sicherheit, über die Dinge richtig zu urteilen.

Mein Tisch war sehr groß. Darauf lag neben der Tasse die mitgebrachte Lektüre für weitere Stunden; lag aber zunächst auf dem Umschlag, weil das alltägliche Treiben auf dem Gehweg mir sporadische Unterhaltung genug war. Durch die Scheibe gegen das Licht im Kontrast und in den Schluchten der Wohnhäuser erschienen Menschen unterschiedlichster Art, zusammen als Abbild einer funktionierenden Welt. Als Gedanke zur Gemeinsamkeit reichte mir das.

Seit einigen Stunden saß ich bereits hier. Neben der Lektüre schon die dritte Tasse Kaffee. Die anderen Besucher hatten mit ihrem Wechsel das Ambiente einige Male verändert. Ich änderte abwechselnd zwei Sitzpositionen. Kein Drang schob mich, zu handeln, keine Notwendigkeit verlangte ein Tun. Von jetzt an war alles reine Möglichkeit gewesen, eingebettet im Mantel der Selbstbestimmung. Von Zeit zu Zeit nahm ich einen Schluck der bitteren Flüssigkeit.

Die Aufmerksamkeit ging von mir aus. So entfloh nicht die eine Dame unbemerkt aus dem Lokal, so setzte sich keine interessante Figur ohne Kenntnis an den Nachbartisch. Die Zukunft wird begonnen durch Blicke, einem Aufeinanderzugehen, und die in Ironie und Witz richtige Bemerkung, welche in passendem Moment, das Rationale verlassend, den Charme erklärt. Unter vielen Tausenden gemeinsam eine Basis gefunden. Welches Gespräch würde folgen, welche Freundschaft entstehen? Wo würden sich unsere Vergangenheiten kreuzen, bei welcher Gelegenheit sich unsere Zukunft begegnen?

Ich würde noch eine Weile verweilen und etwas zu essen bestellen. Etwa bevor dieser Gedanke gefasst war, hattest du das Café betreten. Als eine unscheinbare, weitere Besucherin wolltest du dich vor mir und den anderen verstecken hinter der Sicherheit deiner Person. Im Fluss des normalen Kommens und Gehens nahmst du einfach einen weiteren Ort wahr, wie er sich mit seinen Menschenmengen nicht von denen unterschied, die du gestern und die Tage davor besucht haben möchtest. Für mich aber bedeutete die unerwartete Besonderheit deiner Person, dass sich mein ganzer Tag hier im Café, die Stunden vorher, die leise Zufriedenheit der Beobachtung, die feine Distanz der Ruhe, dass sich all das ändern würde, wenn erst viel später die Nacht für alle den Tag gleichermaßen beendete. Ab diesem Punkt bekam die Zeit eine andere Geschwindigkeit und die Geschehnisse verlagerten sich in den Konjunktiv. Alles Weitere könnte sein. Dann wollte ich nicht ausschließen mir vorzustellen, wie wir ins Gespräch gekommen sind. Ich würde es verneinen, auch jetzt noch, dass ich Absichten hegte, aber dass du mir unbemerkt geblieben wärst, war ebenso gelogen. Und wenn ich dir erzählte, wie ich beobachtete, schon beinahe in mich einzog den Augenblick, als du hereinkamst, dich umsahst und in unbewusster Langsamkeit den bunten Schal von deinem feinen Hals wickeltest, würdest du lachen. Und wenn ich bezeugte, dass ich mir schon damals deine Schönheit auspackte, Stück für Stück, würdest du mir liebevoll lächelnd mit der Hand über die Wangen fahren. Aber auch du wusstest alsbald, dass nur ich die Liebe haben würde, deine eigene Anmut zu erkennen. Schließlich bist du nicht hereingeplatzt wie ein großformatiges Plakat, deine schnelle Schönheit mit einem Mal ausgießend in die breite Masse. Dafür war dein Gesicht zu kompliziert, deine Kleidung zu eigen und dein Auftreten zu unschuldig. Langsam nur und aus dem Versteck kamen die feinen Proportionen deines Gesichts hinter Haaren und Brille hervor. Man musste dich erkennen, erfahren, erst mal die Augen öffnen, um hinter das ungeschminkte Antlitz blicken zu können. Wer wusste außer mir, dass du die zartesten Linien, die schönsten Rundungen, den makellosesten Körper unter deiner Kleidung trugst? In keinster Weise stelltest du zur Schau, die langen Beine eingehüllt in pfirsichsamtene Haut, die festen Brüste in der Größe meiner Hand, das Sinnbild des Ursprungs deines kleinen, mich immer beobachtenden Nabels. Wärst du noch vor der Tür stehen geblieben, so hätte ich trotzdem um deine schönen Hände gewusst! Ich hätte gesehen gehabt, wie sie das lange braune Haar nach hinten schieben oder mit Vertrautheit so anregend über die roten Lippen fahren. Es sei mir jetzt gleich, ob du mich bemerkt hattest, als du bestimmt, aber unschlüssig einen freien Platz suchtest, aber wäre es mein Wille gewesen oder nicht, ich fand deinen Blick ein paar Meter weiter, schräg zu meiner Linken wieder.

Auch du hattest Zeit gehabt, jede hektische Bewegung verneinend. Auch du warst auf der Suche und ich müsste mich in der Interpretation deiner gespielten Gleichgültigkeit getäuscht haben, da auch du an der feinen Spannung zwischen uns komponiertest, seit sich unser Blick das erste Mal traf und den Raum für uns dunkler färbte und scheinbar wärmer machte. Es kam der Moment, da erlebte ich dich für mich komplett, wie du saßest und dich gabst. Dazu gehörte deine Stimme, die Art, wie der Mund sich bewegte, und die Hände, wie sie gestikulierten zu all dem, was du in den Raum maltest mit deinen Wörtern, mit deinen Umschreibungen und mit deinem Schweigen. Dein Lachen passte zu meinen Witzen, dein Tanz zu meinem Rhythmus. Deine Wünsche waren meine Sehnsüchte und deine Energie mein Antrieb. Mir kamen die Situationen in den Tagtraum, in welchen wir zusammen reisen, wohnen und leben würden.

Dann, nicht allzu lange darauf verzerrte sich das Bild durch den Wunsch, diese Träume in die Realität setzen zu wollen. Der Wunsch alleine allerdings war nicht der Grund einer neuen Disharmonie, die alles zunichte machen könnte, sondern das Risiko und das Wissen darüber, die Realität deines Selbst könnte dies unmöglich machen, denn du würdest nicht sein wie das illusorische Bild, das du mir in meinen Kopf gesetzt hattest. Seit einiger Zeit nun war ich alleine, habe jeden Flughafen, jedes Restaurant, jedes Museum nur für mich gefühlt. Die Grenzen meiner Person waren mir wohlbekannt und angenehm. Ich kannte mich aus, meine Reaktionen waren bisher sichere Anleihen auf zu Erlebendes. Dich zu mir nehmen hieß – dem Kinde vertraut – eine Veränderung.

Als ich die gedankenverloren erhobene Kaffeetasse wieder auf den Tisch stellen wollte, traf ich den Unterteller nur auf den Rand und die Hälfte des Kaffees verschüttete sich dabei über meine Hand auf den Holztisch. Das war es. Mein Kaffee auf der Hand verbreitete als Ereignis sogleich das Frequenzband unseres Kontaktes und erlaubte, dass wir nicht weiter auf dem dünnen Hochseil balancieren mussten, das spitz und fein über dem Abgrund der Anmaßung und dem der gleichgültigen Erfolglosigkeit die Regeln der Annäherung definierte. Dieses Missgeschick spielte mir die Energie des Momentes zu.

Mit noch nasser Hand nahm ich gewohnt die noch trockene Serviette, aber nicht, um mich damit abzutrocknen, sondern um einer Eingebung zu folgen. Ich schrieb darauf nur ein Wort und bedeutete dem Kellner, es dir zu überbringen. Die tropfende Hand ließ ich so lange auf dem Holztisch liegen, während das Weitere in den Händen des Kellners sich auf dem Weg zu dir befand. Auf der Serviette stand der Ort am Strand, wohin wir gemeinsam fahren würden.

Das war unser Beginn (gewesen) und er war einfach. Noch viele Jahre danach erinnerten wir uns an diese Situation. Dein neues Lachen beim Lesen der Serviette, deine unerwartete Reaktion, der Anstoß eines Zaubers. Dich nicht fangen lassend schriebst du zurück, wolltest meine Antwort und hast dich irgendwann zu meinem Platz am Fenster gesetzt. Der Rest war eingebettet in eine Vertrautheit, die keine erste Begegnung kannte. Jedes Wort stimmte; das Gespräch ebenso intim wie das lange Schweigen.

Ans Meer würden wir fahren, zusammen Urlaub machen, weil wir uns liebten, an einem Ort, der abgeschieden genug ist, mit einem Strand, dessen helles Gelb sich in beide Richtungen endlos zieht, mit einem himmelblauen Meer und einem Steg, der uns darüber trägt. Damals war dies ein hell leuchtender Stern, heute die tiefgraue Kontur meines Schmerzes. Dazwischen lange Jahre des Zusammenseins, welche die energetisch überladene Komposition der Gefühle dieses ersten Moments in kurzen, erstickenden Zügen unmerklich, aber beständig zur Unkenntlichkeit zersetzten. (Kannst du dich noch an die rote Jacke erinnern, die wir damals unten am Wasser für dich gekauft haben?)

Und dann fängt alles an. Am Beginn steht das Leben, als etwas Kleines und Hilfloses, voller Gedanken, voller Wünsche, ohne Gesetz und ohne Verständnis. Am Anfang steht das Alpha, der Ursprung, die unendliche Schönheit der zu formenden Gestalt. Es sind Schreie, die durch die Welt hallen, es sind Dinge, an die keiner Anstoß findet. Nie war mehr Hoffnung, nie mehr Glauben in das kleinste Stück biologischer Materie gepackt. In der Hilflosigkeit dem Erwachsenen gleich, darf es unbedarft sein. Der natürliche Ursprung, der Entschluss, zu sein. Frei von Diabolischem, frei von Religiösem, frei und rein sind die Strukturen des Geistes, ihnen unbekannt der Druck nach Erlösendem von eingebildeter Schuld, zu unschuldig, die Proliferation des Unsinns geschehen zu lassen. Von Anbeginn an Aussicht auf glaubhafte Erwartungen im Lichtblick von perspektivischen und neuen Horizonten, wie sie sein werden, gekleidet in zuversichtliche Träume. Wie der samtige Samen der Bäume im Frühling weiß mit der neuen warmen Luft dahinschwebt ohne Ziel und ohne Kenntnis, ob das fruchtbare Ergebnis dieser kleinen Odyssee mal werde zu einem großen und starken Baum. Legt die Posaunen nieder, die wir niemals gelernt hatten zu spielen. Unschuld, was ist aus dir geworden!

ERINNERUNG

Es gibt keinen Weg mehr. Es blieb weiterhin der neunte Januar, diesmal war es 6:50h am Morgen und die Bedeutung des Datums war unbedeutend geblieben. Die Nachrichten waren wieder neu die gleichen. Die ganze Nacht über hatte es Meldungen gegeben von neuen Vorkommnissen auf der ganzen Welt. Irgendwo war immer Tag, und wenn es nicht Tag war, dann passierten die Dinge bei Nacht, so oder so jederzeit. In jedem herrschte Aufregung, einschließlich eines jeden. Was für mich galt, betraf alle und so musste ich mir den Untergang der Welt (zu seinem tatsächlichen Eintreten) vorstellen. Das Ende würde mir helfen, Prioritäten zu setzen.
Für einen Weltuntergang brauchte ich Wirkung und Ursache. Plötzlicher Tod. War es das irdische Geschöpf selber, welches die komplizierte Physik des Planeten durcheinanderbringen würde, eine Überreaktion des Systems provozierend, sodass dieses nun zurückschwang, um sich den Lebensraum zurückzuholen? Oder würde es mit extraterrestrischen Phänomenen zusammenhängen, deren ausgesprochene Formulierung bereits eine handlungshemmende Ohnmacht entschuldigte und deren Aggression eher die Enttäuschung nährte, warum es nicht geholfen hatte, menschliches, in weltverständigender Sicht ins Weite geschossenes Kulturgut weltallverständig zu machen. (Klaviersonate in falschem Orbit; Umlaufbahn zu stark für den Abstand einer Tonika.) Obgleich das Ende feststand, als Auswirkung, musste

sich weiter geflissentlich mit der Ursache beschäftigt werden, welcher in jedem Fall die Schuldfrage vorausging (bei Judas zu Kaffee). Dann vielleicht erst eine Lösung. Engagiert und als Zugeständnis an den unermüdlichen Reichtum des menschlichen Geistes war denkbar, eine Gruppe von Wissenschaftlern einzusetzen, die sich, wenn auch nur, um sich dieser als einer für das Ganze notwendigen oder einer für die menschliche Logik als Alibi zwingenden Möglichkeit zu widmen, konstituierte, um an der Darstellung einer möglichen Lösung zu arbeiten. Es erschien als logische Notwendigkeit, dass im uniformen, menschlichen Geist der Glaube im Allgemeinen (und an einen Ausweg im Speziellen) immer und zu jeder Zeit zu bestehen hatte.

Mein Vertrauen würde aber weder den Wissenschaftlern gelten noch anderen Gruppen, die per Bezeichnung zu Verantwortung gekommen sind. (Wir halten fest. Ohne Unterstellung böser Absicht werden andere ihre ureigensten Motive gehabt haben, den Planeten Erde von seiner Bevölkerung zu befreien. Vielleicht schützten sie ihre Kinder.)

Dann, durch die einstimmige Definition der Souveräne unter den Rassen, durch alle Rassen ohne Beteiligung Erdfremder, möchte ich weiter die Bilanz ziehen und sehen: ganze Städte waren bereits verwüstet, Hunderte, Tausende, eine an die Millionen grenzende Zahl von Menschen war in kürzester Zeit biologisch richtig gestorben. Das ganze, angestrengt erstellte Individuum mit all seinen Versicherungen und langfristigen Gewissheiten war also schlagartig am Ende. Der kostbare, mühsam evolutionierte Transporter der irrationalen Seele schaltete hier aus. Moralisch verwerflich würde dies eben sein, selbst wenn die Aggression der eingreifenden Systeme

auf Prinzipien fundierte und die daran Beteiligten selber diese Prinzipien auch als solche verstehen würden und sich daran auch erinnern könnten, also über ein Gedächtnis verfügten, im menschlichen Sinne. (In diesem Fall konnte sich auf eine post-humane Aufarbeitung der Geschehnisse durch einen universellen Gerichtshof verlassen werden.)
Ob man es mit Erscheinungen basierend auf anderen physikalischen Gesetzen zu tun hatte und darüber, ob diese überhaupt physikalischen Ursprungs nach gemeiner Begriffseinteilung waren, wurde nur gemutmaßt. Dies endgültig festzustellen erwies sich entweder zum entsprechenden Zeitpunkt als unmöglich oder hätte bereits den zu frühen Ausverkauf der sozialen Fähigkeiten bedeutet und damit einhergehend den Wegfall einer letzten und notwendigen Tragik. (Konnte doch auch bisher das kleinste Phänomen mit den Disziplinen der wissenschaftlichen Gesetze erklärt werden.) (Der Mensch wusste genau, dass) das Weltall 380.000 Jahre nach dem Urknall durchsichtig wurde – nicht früher, nicht später. Somit und zu jeder Zeit war – als immergültiges Schicksal – jemand zum anders Denken gezwungen. Es gab nur eine Möglichkeit, die Wogen meiner eigenen Konsternation durch ein logisches Übertheoretisieren der Dialektik zu glätten: Wurden die etwa mit exhumanen Angreifern assoziierten Eigenschaften auf menschliche reduziert, jene, welche das Gehirn bereithält, so blieben auch die Mittel der Gegenwehr auf die Fähigkeiten des Menschen beschränkt! In anderer Analytik bedeutete dies, der Mensch könnte nur sich selber bekämpfen oder jene, deren Entscheidungen und Bewusstsein auf den gleichen kognitiven Gesetzen basierte. Das war vor dem Urknall auch nicht anders.

Mir wurde warm ums Herz. Meine anfängliche Panik würde umschlagen in einen Zusammenhalt unter den Menschen, wie man ihn noch nicht erlebt hatte.

Gleiches Datum

Wenn der Sekundenzeiger unten an der Sechs vorbei ist, muss er sich gegen die Schwerkraft wieder nach oben zur Zwölf heraufkämpfen. Vielleicht war es das, die Schwerkraft gegen den Zeiger, was mir den Eindruck verschaffte, der jetzige Moment kämpfe gerade mit verstärkter Kraft gegen die Zeit an. Es war nun bereits fünf Minuten nach neun und es hatte sich nicht viel getan, zumindest am Jetzt nicht. Nachrichten verbreiteten sich weiterhin inflationär über alle Medien. Sie änderten natürlich nichts am Zustand, am allgemeinen Zustand. Und um diesen ging es diesmal, nicht um meinen persönlichen, immer wenn ich dachte. Selber konnte ich mir ein gutes Gefühl vermitteln, umfassend informiert zu sein. In vollkommener Transparenz erreichten mich sekundengenau und digital die Einzelheiten über mein eigenes Ende. Selbstillusionen schlossen sich somit aus.

Und dann erinnerst Du Dich. Etwas Persönliches schleicht sich zurück und stellt sich in den Alltag. Über die Zeit gespeichert als leblose molekulare Kette, etwas Kohlenstoff, angeordnet (Phosphat), springt es in den richtigen Kanal, weil es muss, vom Gehirn in die Wahrnehmung. Das eigene Selbst wieder in der Hauptrolle, immer noch Protagonist, auch posthum, aber ohne die Möglichkeit der dramaturgischen Kosmetik. Zuschauer nur, im vollen

Leiden, die Rollen sind verteilt, das Ende gewiss. Es gibt kein Zurück mehr, denn Du bist schon dort. Im Zurück.

Qualität fällt als Schlagwort. Ich konnte lachen, als ich mich über die eigene Leichtgläubigkeit für einen Moment amüsierte. Alle vorausgesehenen Enden der Welt, zusammen mit den angekündigten und den sicher eintretenden ergeben einen Stapel babylonischen Ausmaßes. Theorien über das Ende, Geschichten, Prophezeiungen, Offenbarungen, Schwüre, Kometen, ob als Drohung oder Hilfe, nichts Neues. Der Mensch trägt Endzeiten als seinen Kraftstoff mit sich herum. Immer schon schaute er auf die Anzeige des Übrigen, um den Rest im Auge zu behalten, denn der Sinn verhält sich ihm reziprok zur verbleibenden Menge Endzeit. Nichts als Möglichkeit.

Ich las meinen Bericht erneut durch (Zeitverschwendung). Zwischen den Zeilen suchte ich die Rechtfertigung für den Moment und fand nur ein Warten auf Morgen. In den Motiven des aktuellen Tuns war mehr projizierte Hoffnung als eintretende Tatsache, manifestiert in Sorgen über die Auswirkungen nicht umgesetzter Handlungen. Was blieb mir noch zu tun? Die Konsequenz hatte hier ein Ende. Keine Handlung stellte je den vorherigen Zustand wieder her und jeder neue Zustand verbarg unter der Maske nur das gleiche, traurige Gesicht.
In der Gegenwart bemühte ich den Sinn, immer wieder mit dem gleichen Ergebnis. Unzählige Male fand sich mein Körper versteinert, während der Geist die Erinnerung an das Gewesene sortierte und darin eine Zukunft suchte. (Wie konnte die Symphonie unserer Leidenschaft am Menschen zugrunde gehen?) Wo war meine Zukunft,

als wir zusammenlebten? Kein gemeinsamer Besuch in einem Restaurant gehörte mir, du kamst immer zu spät und nicht einmal die Zeit des Wartens war mir mehr frei für Gedanken gewesen, wie sie abschweifen sollten in weite Landschaften, in Berufungen, in Lebensmodelle, etc. Die freie Phantasie konnte jederzeit durchbrochen werden von deinem Erscheinen, sie wurde verdrängt von der Erwartung deines Bildes, das unbeschwert, die gesamte Kulisse für sich einnehmend, mit Sicherheit auftrat. Und sicherlich, einmal anwesend, implizierte die Konstellation deines alleinigen Daseins mit mir in dieser Welt eine Verantwortung, die die vorher frei gewordenen Stellen der simplen Befürchtung in meinem Kopf sofort mit zähflüssigem Blei füllte. Unendliches Fühlen und sorgloses Leben war mit jedem Tag weniger möglich. Einmal platzte es in mir und darin heraus: Wann gibst du mir meine Zeit zurück? (Dich gedanklich in der richtigen Kategorie wiedergefunden, warfst du mir mangelnde Fähigkeit zur ernsten Bindung vor.) Ende der Emotion. Wohin soll man denken, wenn Erwartung immer nur durch Sorge ersetzt wird? In ausrinnenden Zeiten war dies nicht gut. Man soll in der Gegenwart leben. Damit ich das nicht vergesse (in Zukunft), notiere ich es dazu.

Dann der unablässige Versuch, die Vergangenheit zurückzuholen, rauszugehen, wieder Cafés, an Orte mit Menschen, zu Dingen, die passieren, wo man spricht; ich überlege und denke nach, die Möglichkeiten, Gespräche kommen zusammen, man verabredet sich, man lacht (zwischen Konvention und Drang), man spielt die Gesellschaft, komponiert den Kompromiss. Daraufhin das Zuschütten der wenigen Glut in Eifer mit noch mehr Brennstoff. (Akt.) Danach liegt es dar, Möglichkeit einer Familie, Vermehrung der immer gleichen Suche. Bis es

aufblitzt in den verliebten Augen, die Suche nach Geborgenheit; die giftige Zunge einen ansteckt mit dem unheilbaren Virus der zur Verantwortung verdammenden Sorge.
Wiederkehr des Spiels. So lange, bis der Geist versteinert und nur noch der Körper sucht. Das hat keinen Sinn. (Ich gebe mir Mühe.)

Weiterhin mit den Maßstäben der zeitlichen Relationen beschäftigt und dem Versuch, mehr verstehen zu wollen (diesmal im großen Rahmen), lehnte ich mich an die Erkenntnis der Menschheit und las aus der gefilterten Logik (bisher) folgende Tatsache heraus: Zuerst war das Leben gewesen, darauf folgte der Tod als letztgültige Erklärung jedes Motivs, der für den Einzelnen (als Toter) die Konsequenz des Nichts hatte, und als Lösung dieses Nichts, um lebensfähig zu bleiben für die Zeit zwischendurch: der Glaube – als unvernünftige Erklärung des Vernünftigen. Dazwischen weitgehend nichts. Aber was folgte darauf? Auf welchen Pfeilern steht der Glaube? War das alles an Erkenntnis von Zehntausenden Jahren Mensch, Tausenden Jahren Philosophie, Hunderten Jahren Buchdruck und einigen Jahren der ... genosyntaktischen ... Nanopsychentrik – Auxin um Auxin, Zäsur um Zäsur?
Skepsis hätte retten können auf der Suche nach der immer gleichen Wahrheit mit dem Ergebnis: Nichts. Nichts als Möglichkeit. So verbleibt verneinbar, das Nichts hätte es nicht gegeben oder es hätte nichts über das Nichts gewusst! Weiter zerreißt sich der einzelne über die Überlegung, was zu tun wäre? Vielleicht hätte man früher nachfragen sollen bei jenen, die es wussten? Es geht hervor die Frage: Hat die frühe Beschäftigung mit

der Nichts-beschreibenden Wissenschaft den darüber Nachdenkenden tatsächlich gegen dessen eintretende Auswirkungen vorbereitet? War es zielführend gewesen, sich mit dem Nichts zu beschäftigen, wenn das Ziel nichts ergab? Je ernsthafter die Suche danach und dessen beständiger Definition, desto inhaltsleerer müsste der Aufwand gewesen sein.
(Der Bericht darüber ergibt auch beim zweiten Lesen nichts, dazu noch ohne Handlung.)
Das vom Menschen geschaffene Nichts erscheint also bei all seinen Versuchen einer konkreten Erfassung als Hydra. Nimmt man davon weg, ist noch weniger da. (Das Übernichts.) Thematisiert man es, leuchtet man sein Wesen aus, beschreibt man es, um es zu ergründen und die tiefsten Winkel kennenzulernen, reagiert es durch eine noch größere Unendlichkeit. Wenn von allen sinngebenden Handlungen jene abgezogen würden, welche nur als Brücke der Zeit dienten, verblieb die Beschäftigung mit der Beschreibung der Dimensionen des dimensionslosen Nichts. Das war vor vielen Jahrhunderten so, als der Denker in vollem Bart, dem Liebesspiel seiner Knaben überdrüssig, im fallenden Staub die einzige Schönheit des Momentes nur erkannte, ebenso vor wenigen Jahrhunderten in gestutztem Bart der Grübler die herbstliche Trostlosigkeit langer Spaziergänge mit kauender Feder notierte, so auch vor Kurzem, wie der letzte Rest geschrieben wurde von westgotischer Schriftstellerhand als übrig gebliebenes Sodbrennen der sauren Gewalt einer sinnsuchenden Rasse. Viele Jahrhunderte voll des menschlichen Geistes, gleiches Nichts. Also hat man dem Nichts eine Form gegeben, ein Profil mit der Zeit, im Gleichschritt mit jeder Errungenschaft und Erkenntnis. Mit jedem Fortschritt haute man ein Stück

Stein aus dem Felsen Nichts heraus, bis dessen nackte Form erkenntlich war. Eigentlich wollte man so lange daran arbeiten, bis kein Stein mehr vorhanden war. Aber dann wäre nichts mehr vorhanden gewesen, mit dem man sich auseinandersetzen hätte können. Daher musste die Form des Nichts erhalten bleiben, das Nichts musste Inhalt besitzen, damit es nicht Nichts war. Damit ging die Existenz des Nichts immer zusammen mit dem Wissen darüber einher. Je mehr man erfuhr, je größer die Erkenntnis war, desto weniger wurde aus dem Nichts. Umso greller die Beleuchtung damit wurde, umso heller wurden die dunklen Schatten des Unerklärbaren. Man trocknete die Verstecke des Daseins durch den Drang der Erkenntnis aus. Der Zwang und die Tradition, die Unmöglichkeit und das Unwissen hatten noch den vorhergehenden Generationen den Schatten im Nichts geliefert, in welchem der Mensch mit seinen Schicksalen Zuflucht suchte. Die Illusionen ernährten sich von Farbe und Form dieses Schattens. Die Kraft des Individuums, jeden Tag zu bestehen, gewann seinen Geist durch die Zuversicht, mit einem Licht auch einen neuen Schatten werfen zu können.

Jetzt verblieb kein Schatten mehr. Vor dem Ende der Zeit leuchtete das Nichts mit dem Wegfallen des letzten Tabus ausgeliefert und grell in der Sonne. Was verbleibt als zu erklärendes Geheimnis, wovon der Mensch nichts weiß? Welche Unbekannte dient ihm noch als Antrieb, den Fuß erneut jeden Morgen ins Leben zu stellen?
Es erschien der menschliche Geist, der einblickte in jeden Winkel und jedes Loch, der alles weiß, dem sich alles nackt offenbarte.

Kein Zwang mehr, keine Spannung. Alles geklärt, alles aufgeklärt. War die Beschreibung des Nichts früher eine Theorie, eine Voraussicht vielleicht, so offenbarte sie sich jetzt als unkoordinierter, kantengebender Schlag, nur um in letzter Verzweiflung – hoffentlich – wieder neuen Schatten spenden zu können. Kein Geheimnis und keine Überraschung mehr. Im letzten schmalen Rand der Irrationalität klopft der Wahnsinn nachhaltig und unkontrolliert am wenig verbleibenden Rest der dünnen Wand einer Gesundheit. Ohne Nichts rechtfertigt sich keine Moral, wenn der Mensch durch Existenz alles Vorhandenen gezwungen wird, das Unmoralische zur Tagesordnung zu erklären.

Was kommt noch? Ein blutiger Auswurf der Toleranz des inflationären Wohlbefindens, Abwertung des Erlebten, Aufweichen der bemühten Kanten des Individuums, kein Kampf, keine Klassen? Mit der Bitte, sich zu äußern. Für genial wird alles befunden, wenn man sich etwas Mühe geben würde! Nämlich galt für einstweilen. Die Zeiten sind vorbei, das gilt grundsätzlich. Ein gut gegriffener Akkord des Lebens; C-Dur, Moll-Akkorde nur im Kino, (sterben, ohne das Leben zu lassen). Dort halt! Ein Moment ohne Lebensversicherung. Morgen kann wie jetzt sein, es braucht nur zu unterschreiben.

ENTSCHLUSS

Fein rieselte der weiße Sand über meine Hand. Der Strand zog sich gerade und als gelbes Band vor den dahinter liegenden Palmen dahin. Die dumpfe und monotone Brandung nahm dem menschenleeren Ort eine letzte Hilfe zur Realität. Wie ein Kind suchte ich, ausgesetzt in praller Sonne, kniend die Einfachheit in kleinen Körnern, Silizium. Ich war mir sicher, je genauer ich hinsah, je ernster ich mir die Formen jedes einzelnen betrachtete, desto mehr Verständnis würde der Sand für mich haben. Ganz sicher. Was sollte ich handeln. Bei jedem Blick auf von der schützenden Berechenbarkeit des fallenden Sandes hin zum endlosen Wasser brannte mir nur das weiße Leben der schwelenden Umgebung schmerzend ins Gesicht. Eine Sandburg sollte es werden. Damit wäre etwas geschaffen; jede Fähigkeit zum Reflex überflüssig, die Höhe des Gefühls eines gemachten Gedankens nichtig. Vielleicht das volle Glück, wie du um mich besorgt von hinten kommst und mir, mit der Hand über die sandigen Haare fahrend, mein von der Strömung der Glaubenslosigkeit hinweggetriebenes Boot langsam und liebevoll wieder zurückholst. Die Augen leicht zusammenkneifend würde ich aufsehen, meinen Kopf zu dir drehen und, die Mundwinkel kaum merklich auseinanderziehend, als Reaktion auf den Moment, leer lächeln. Das Kinn wieder senkend, die Augenbrauen dann gegen den Horizont hebend würde ich wahrnehmen, die feine Grenze zwischen Resignation und Zuversicht, wie sie in der Hitze glimmend zwischen uns lag. Aber der Druck deiner Handfläche war nicht zu spüren.

Leicht benommen ging ich zurück zu unserer Ferienwohnung. Kurz davor erblickte ich dich dann alleine auf der Terrasse und hielt hinter einer Palme inne, sodass du mich nicht sehen konntest. Die Hände in die Taschen der Leinenhose gesteckt beobachtete ich dein Dasein. Wie ein Dieb stahl ich dir die Intimität, ohne dass du es bemerkt hattest. Ich sah, wie du mit flacher Hand verträumt über das blaue Strandtuch fährst. Als hättest du eine Position gefunden, hörtest du damit mit einem Mal auf, die Handfläche auf einer Stelle liegen lassend. Der leichte Wind machte deine Haare nun zum einzigen Zeugen einer Regung. Ebenso schnell war ich unschlüssig, etwas über den Moment zu urteilen. Es schien, als hätte es eine Vergangenheit nie gegeben. Die feinen Linien deines Gesichtes, die makellose Nase, die schlanken Fesseln. Wenn du wüsstest, wie ich dich fühlen kann, auch jetzt noch. Doch das war nicht mehr. Komm mit mir zurück, wollte ich schreien, dich am Handgelenk packen und für das Schöne, was kommen möchte, mitreißen. Benommen von der Idee sah ich die eigenen Füße leblos im Sand versinken. In nassen Blasen wölbte sich diese Realität nach außen, dem Druck von innen nicht mehr standhaltend. Fleischfarben bedrohte es mich, der nur zusah. Nervös stand ich direkt vor dem, was passieren würde, und wusste um den genauen Moment, den Lärm der Explosion, die Wucht der Materie, wie sie überladen mit Energie auf einmal freigelassen durch den Raum schießen würde, das plötzliche Nass überall, das Chaos, die ohnmächtige Verwirrung, der schlagartige Verlust des Urvertrauens in alles, woran man glaubte, die

unendliche, schnell und langsam tötende Taubheit des einzigen, winzigen und lächerlichen Individuums. Das alles wusste ich, noch bevor es geschah, und mit majestätischer Gleichgültigkeit zelebrierte ich das Warten auf meine starre Reaktionslosigkeit. Explodiere, Welt, lass mich zusehen, reiß mich herauf und mit hinab, während ich still und gemütlich in offener Gebärde laut und gottlos lächele! (Wieder verlor ich die Größenordnung. Wieder hielt mich das Gemeinsame wie an einem Punkt verankert fest.)
Frohlockend ziehen wir zuletzt ein in den Garten, die immergrünen Wiesen, wo keimfrei noch die allerletzte Frucht in strahlender Frische am Baume hängt, und wenn ein Wurm sich eingeschlichen hat, dann nur mit großen Augen und glücklichem Lachen. Eine ewige Hochzeit findet statt, wo Verantwortung und Erwartung nun endlich draußen vor den Toren im Staub des langweiligen irdischen Lebens auf das nächste Ungeborene warten, die Fingernägel zerkauend. Währenddessen lehnte ich, die kleinen Stunden in Geduld fassend, mit dem Rücken an der einzigen Betonsäule, in einem italienischen Maßanzug, den Hut in den Nacken geschoben, (es wusste keiner, dass ich unter der Anzughose eine rote Strumpfhose trug), den oberen Hemdknopf natürlich geöffnet, die Krawatte leicht gelockert, denn ich war fertig, in der rechten ausgestreckten Hand zwischen den ersten Gliedern des Zeige- und Mittelfingers das letzte Ende der glimmenden Rauchware. Mein Blick überraschte mich selber, denn so klar sich jetzt im Verstand die Konturen des Unsinns darstellten, so leer und müde traf mein Blick einige Meter vor mir ins Unendliche des einzigen gepflasterten Weges auf diesem Sand. So konnte man zuerst nicht erkennen, wie sich mein Brustkorb

ruckartig, den Krämpfen im Bauch Platz gebend, aufblies, wie sich das Bittere ansammelte, der Würgereiz mit einem Mal die Kontrolle gewann und sich die ätzende Säure der wohlbefindlichen Nahrung pulsierend nach oben schob. Der stechende Geruch in der Nase nahm zu, als zwischen den flüchtigen Kohlenwasserstoffen kein weißer Sauerstoff mehr zu mir drang, zu nass durchtränkt stand, zu voll und gesättigt war der feine Stoff meiner Kleidung. Schlecht ging es, so wusste ich mit einem Mal und unterbrach die Gelassenheit des Momentes, wie ich doch schön an der Betonsäule lehnte. Tränen müssen es sein, die sich mühselig aus den letzten Tropfen Flüssigkeit in meinem Körper suchten, bereit zu weinen war ich, als ich feststellte, dass ich von Kopf bis Fuß schuldig in Benzin getränkt dastand! Feucht und schwer hing der Anzug an meiner Haut, stechend und bedrohlich stieg der sich ausbreitende Geruch, den ich nur flüchtig wahrgenommen hatte, in die Nase. Mit einem Mal war ich gefährlich und ohne bestimmende Kontrolle. Offenes Feuer, offener Brand, ein Zündholz genügt, ein einziger Jemand, und wenn er als einfachster Mensch der bösesten Absicht meilenweit entfernt war, reichte, mich an das dunkle Feuer zu übergeben, mich lichterloh in kurzen Sekunden unendlich und untragbar zu erhitzen, mir zu zeigen, warum hier Kontrolle das Schicksal rücksichtslos auf den feuchten Mund küsste. Kalte Erkenntnis, als ich an der Glut zog. Also nahm ich mich zusammen, zog den Hut zurück ins Gesicht und ging, dem Unvermeidlichen ins Gesicht zu sehen. Als Bittsteller trat ich gegenüber dem, den ich verleugnete.
Meine Sandburg verknüpfte immer noch Hoffnung mit Zukunft, obwohl es keine Vergangenheit mehr gab (das war früher).

Januar 2011

Der Mut hat versprochen, als Letzter zu gehen. So lange verweilte ich hier in meinem Zimmer. Seit ein paar Minuten zog sich meine Konzentration vom Blatt weg, hin zu einem roten Juckreiz auf meiner Bauchdecke. In schneller Überlegung schien es die beste Lösung, wenn der Lebensraum für die Menschen ein Ende fände, das heißt unterginge. Der Drang nach Entwicklung und Unterschied war zum Ballast geworden. Was sollte der einzelne Mensch bewältigen an einem einzigen Tag, dessen Anzahl von Stunden konstant geblieben war. Das private Problem einer sich unerlässlich zu entfaltenden Persönlichkeit, mit einem Fuß balancierend auf dem Barhocker des Lebens, die eine Hand jonglierend die Abertausenden Möglichkeiten, frei zu handeln, die andere Hand in infiniter Gleichung ausrechnend die Auswirkung auf den jeweiligen Rentenbarwert während der verbleibende große Zeh das überwältigende Schaltpult eines Reaktors (nuklear) unwissentlich bediente. Der nebenan scheinbar immer in intelligenterer Handlung, die exklusiven Farben der neuesten technischen Errungenschaft hochhaltend, diese erworben noch schneller, als die Zeit es hervorbrachte. Und doch steht auch er wacklig und unsicher in gleicher Manier auf einbeinigem Hocker in isolierter Gesellschaft. Am Ende gleich, im Versuch different zu sein.
Opfer der Geschwindigkeit – geheilt durch Ablenkung. Im Zenit der übersättigten Portionen und der homogener Vielfalt (beides jederzeit) verblieb der Superlativ ohne Vergleich. So stand sie, die biologische Anhäufung des Menschen vor ihren erbauten Städten, die schweren Hände an den Seiten fragend herabfallend: Was konnte

ich noch tun, was sollte ich noch tun, was musste ich noch tun.

Neonfarbig schreit die letzte Möglichkeit auch dem siebten Sinn anregend mitten ins Gesicht; auf der Leinwand für jeden zugänglich die Verstümmelung von nackter Keuschheit, in den Läden käuflich jedes Organ von Kinderbauch gefertigt, der Nerz in Rosa billiger als die Milch in Weiß. Am Ende das meiste grau. Atemberaubende Farbvariationen überblendeten mit die letzte Kontur; nur ein Not-Aus konnte jetzt noch das Perpetuum Humanum stoppen. Aktionen und Demonstrationen wegen Investitionen für Akzelerationen; dann Amortisationen.

Zwischen den Kontinenten wichtig beschäftigt, auf dem einen die Notdurft verrichtend, auf dem anderen dieselbe Marke Bier trinkend. Beide Flughäfen weitgehend aus Beton. Man sprang, von wo aus immer, wohin auch immer und wann es wollte, das Gefühl des freien Falls erlebend, den Rausch des frischen Windes erfahrend, den Cocktail aus tropischsten und unbekanntesten Gefühlen langsam und schnell genießend. Doch ganz frisch war seit der letzten Gegenwart die Konsequenzlosigkeit der unendlichen Möglichkeiten. Fallen, ohne aufzuprallen. Die Ernüchterung fehlte. So hatte man sie erreicht, die Herrschaft über die Technik, die Natur und die Selbstbestimmung, und glich sich dem eigenen, christlich geschaffenen Gott an. Gott als Mensch war konsequenzlos, weil er sterblich war. Wenn Wasser kochte, war es immer noch laut, aber keiner verbrannte sich mehr die Finger. Für einen funktionsfähigen Charakter reichte die Wahrnehmung, aber nicht mehr der interessante Nachgeschmack, der verblieb. Der schnelle Mensch brauchte Platz, damit ihm die eigene Grenze nicht entgegenkam. (Bitte haben Sie Verständnis.) Der Wandel der Winde schien beschlossen, die ersten Kipppunkte – benannt nach der Unumkehrbarkeit – waren überschritten worden (Eis schmolz), Störung der Kryosphäre, selbst wenn Permafrostböden dazugehören; Infektionen, Insektionen, Indigestionen; das Brot verlor die Qualität, während es weniger wurde, schwarze Energie; schnell und billig, in jedem steckte eine Droge. Allergie im Angebot. Alle wurden dokumentiert und papelarisch gebildeter, in Wirklichkeit gleichgültiger. Dazu wurde es mehr und mehresmehr (aber man langweilte sich seit Langem, darüber zu sprechen). Es schreit das Kind.

Gewohnheit hatte sich anerkannt. Zu allem schuf sich die begründete Alternative, nicht daran zu glauben. Schwermütige Verzweiflung war unbegründet. Zu viele Krisen und Katastrophen waren überlebt. Der menschliche Untergang war unglaubwürdig geworden. Die nächste Lösung würde wieder Probleme bringen, aber bis dahin war Zeit gewonnen.

Zumindest hatten es die Menschen interpretativ so beschlossen. Das Ende leuchtete als Chance für jeden, zu einer neuen Ernsthaftigkeit zu gelangen. Endlich mal wieder Konsequenzen spüren!

(Schluss. Ich brauche Harmonie und ziehe in langen Atemzügen die reine Luft der frischen, vor mir liegenden Landschaften gesund in mich hinein.)

Der Morgen stand langsam in grauen Wolken zwischen den Häuserfluchten auf. Ich behandelte den Tag unvoreingenommen der weltweiten Geschehnisse. Die Zeitung mit dem in ihr gefalteten Weltuntergang warf ich auf das Sofa. Ich würde erst nach dem Verstreichen einiger Zeit darin lesen, um weiter zu lernen: Der Bedarf an Rausch nahm unwahrscheinlich und wahrscheinlich der Logik wegen in Unmengen zu. Das Ende der Existenz vermittelte den Eindruck, durch Drogen den letzten Exzess intensiver gestalten zu müssen. Hätte man früher die logischen Zusammenhänge zwischen Konsum und dem subjektiven Empfinden der Endzeit erkannt, wäre eine effektivere Bekämpfungspolitik möglich gewesen. (Ich suchte in mir Endorphin und Adrenalin.) Weiter ging die Welt unter.

Es geht um das gute Gefühl. Auch jetzt noch. In gewissem Sinne hatte diese neue Situation auch einen Vorteil. Es erübrigte sich jegliches Warten und Hoffen. Früher hätte man, um einen ähnlich authentischen Zustand der eigenen Freiheit herbeiführen zu wollen, als konsequente Methode nur den terminlich festgelegten Selbstmord gehabt. Heute blieb dieser nicht nur tragischen Figuren vorenthalten, sondern alle Menschen kamen in den Genuss der wahrhaftigen Bedrohung eines zeitlichen Endes ihrer eigenen Person. Bliebe beim singulären Selbstmord als letzter moralischer Rest noch der Gedanke an verbleibende Generationen, so entfiel dies nun gemütlich und gemeinsam mit der Existenz einer Nachwelt.

Neben Warten und Hoffen löste sich ebenso bequem die Suche nach einer Begründung für das eigene Dasein auf. Als letzter Rest auf dem Bankett des menschlichen Salons lag immer und abgerupft alles eigene Handeln, jede Aussage, jede Grimasse und jeder Anspruch. Und die letzten, die gingen, stürzten sich darauf, um sich zu ereifern am menschlichen Makel. Nun ohne Konsequenzen, müsste man sich hierzu nicht mehr rechtfertigen – keiner räumte mehr die Reste weg. Sie würden liegen bleiben mit allem anderen, was gemeinsam übrig blieb. Eine allzu bequeme Situation, die Berechtigung zu einem ausgefüllten Leben.

Und dann fasst Du einen Entschluss. Du fühlst die Spannung, die sich in Sekundenschnelle aufbaut, nachdem Du weißt, was Du tun möchtest. Blitzschnell füllt sich jeder Teil Deines Körpers, bis in die Spitzen mit Hormonen vollgepackt, bis Du fast selber erschrickst vor dem, was Du gleich tun wirst. Du hast ein Verlangen. Du möchtest Dich verlieben.

KORREKTUR

Seit ein paar Stunden drehten sich meine Überlegungen auf dem Sofa hin und her. In der Ecke lag mein Telefon neben einem alten Plattenspieler. (Dazwischen eine leere Tube Zahnpasta.) Als müsste ich die Erinnerung noch einmal verdauen, wie die zähen Sehnen des schlechten Fleisches, mischten sich immer wieder monochrome Bilder in meine frei gewordenen Gedanken. Im Zusammensetzen meiner Selbst fehlte beständig etwas. Vor ein paar Monaten war jemand verstorben, der meine Gedanken mit geboren hatte. Ich kannte ihn weder vorher noch nachdem er verschied, aber ich verkannte ihn, als ich ihn das letzte Mal traf, als ich um meine nahe Verwandtschaft zu ihm nicht wusste und mich von ihm abwandte. Es war in einer der dunkelsten Stunden, als ich nur noch meine eigene Lüge gewesen war, da trat es in mein innerstes Ich; wie in einem falschen Roman kam es damals zur Handlung.
Obwohl der Tag damals nicht anders begonnen hatte als die anderen und ich leer am Ufer eines großen Flusses saß, konnte ich zu diesem Zeitpunkt nicht wissen, was dieser Tag für die Nacht eintauschen müsste. Ein normaler Morgen war angebrochen und das Wasser schwappte noch schlaftrunken und monoton gegen den selbstlosen Beton des Hafenkais. Ebenso rege und ungestört kreischten Möwen unbeeindruckt vom Grau des beginnenden Tages in einigen Metern Höhe gegeneinander an. Außer mir waren wenige zu dieser frühen Stunde auf den Bei-

nen, einzelne Personen joggten mit tiefgezogener Kapuze in knirschenden Schritten über den Kies und begannen den Tag, andere zogen Arm in Arm mit der letzten Bierflasche, kein Schritt dem anderen gleichend, der Geraden gegen den Strich und beschlossen die Nacht. Auf einen neuen Tag erst nach dem Schlaf. Dann ein Hund und der Straßenkehrer.
Die Hände in den Taschen wärmend hatte ich auf einer grünen Holzbank gesessen. Mein eigener Morgen würde länger sein, so wie sich meine Nacht kurz gehalten hatte. Eigentlich war ich den Abend zuvor erst später zu Bett gekommen und würde lange schlafen wollen, doch eine Unruhe hatte mich vor der gewöhnlichen Zeit geweckt und mich in den Tag getrieben.
Als alter Herr kam er die Hafenmauer entlang. In einem langen grauen Mantel, die Hände hinter dem Rücken verschränkt, mit einem leichten Buckel und ungepflegtem Aussehen. Auf dem Kopf eine verschlissene, dunkelbraune Wollmütze, die einmal einem Seefahrer gehört haben mochte, tropfte ihm der Rotz von der Nase. Alt war er und ich konnte ihn nicht gebrauchen, nicht jetzt und auch nicht in meinem Leben. Ungemütlich wie der schneidige Wind, der vom Wasser her blies, waren seine Gesten und Bewegungen, unruhig und zwielichtig der Blick aus den gelben Augen. Wie hätte ich darauf kommen können, was er als Teil meines Lebens mitbringt, welches Leben in ihm steckt, wie viele Erfahrungen sich in seinem Geiste mit den Jahren eingegraben haben? Mein Moment waren die Grautöne des Hafens und im besten Fall eine vorbeigehende Person, wie es viele gibt. Aber zu meinem Moment gehörte nicht diese Person. Im Nachhinein will ich nicht überrascht sein über jeden einzelnen dieser Menschen, wie sie ihr Leben mit sich

herumtragen, aber nicht immer unterbreche ich mein Wohlgefühl, um das zu empfangen. Er wusste, dass ich hier war.
Einige zwanzig gleiche, grüne Bänke waren über die lang gezogene Wasserfront in bequemen Abständen aufgestellt und bis auf mich, besetzte diese keiner. Er, damals als Sie, hatte sich zu mir auf meine Bank gesetzt. Vielleicht befand ich mich doch nicht in jenem entspannten Zustand, den ich mir vorgab, oder er saß einfach zu nahe bei mir in dieser sonst großzügigen Weite des Hafenmorgens, aber meine Stimmung war durchbrochen. Er roch nicht streng und sprach nicht laut, war erst einige Zeit still geblieben. Trotzdem hatte er mit seinen Blicken die zwischen uns zu herrschende Sphäre überschritten, als er jedes Mal, den Kopf leicht über seinen Mantelkragen geneigt, mit dem Blick den Kontakt suchte. Wäre mir nach Gehen zumute gewesen, hätte es hier ein Ende oder erst keinen Anfang gegeben. Viel Erfahrung musste in ihm stecken, diesen Einstieg gefunden zu haben. Viele Jahre hätten wir gehabt, um sie mit all ihren Geschichten aus dem Keller zu holen. Es dauerte erst, bis sein Gespräch meinen Willen fand, aber dann waren jeder Satz und jedes Wort für meine Ewigkeit gesprochen. Das war kein Zufall, das wurde mir klar. Was aber waren seine Worte?

Ich kam aus der Erinnerung wieder zu mir, ungewollt. In der Zurückkehr des Bewusstseins ging die Hand als Erstes auf die blutende Bauchdecke, bevor sich die müden Augen vom starren Blick in die Unendlichkeit der Erinnerungen lösten und sich darauf legten. Als könnte ich den salzigen Geschmack des Wassers noch im Mund schmecken, war mir diese Person gegenwärtig. An den Inhalt der Worte erinnerte ich mich aber nicht mehr.

Gleicher Tag

Die Aufregung auf der Straße war zu spüren. Obgleich es sich für die Zeiger meiner Uhr immer schwieriger gestaltete, gegen die sich aufstauende Restzeit anzuklicken, machte die gegenwärtige Anzeige von 12:17h einen gleichgültig erbrachten Eindruck. Konsequenz des gerade stattfindenden Moments. Ich leistete mir dabei einen Gedanken, irgendeinen (in Worten). Fertig. Und nun noch das Fazit hierzu. Den Gedanken festhalten, und selbst dann, was ist er wert? Ihn gedacht zu haben? Die Zeit, während er gedacht worden ist, war vorüber. Was hatte er gebracht? Wer kannte den Wert davon? War es etwas wert, brachte er uns weiter (was bringt uns weiter?), wenn auf den Gedanken keine Handlung folgte? Zählte ein Gefühl, welches durch den reinen Gedanken erzeugt wurde; (hatte ich ein Gefühl statt eines Gedankens gehabt), (betrog mich mein Gefühl mit Gedanken)? Also nicht der Gedanke mit seinem unmittelbaren Inhalt, sondern dessen Abschluss zählte, irgendetwas. Beim Gedanken sitzend und im Ergebnis aktiv zu sein war menschlich, im Gegensatz zum gleichen Vorgang in still rational funktionierenden Maschinen. Konnten wir von uns direkt einfordern, produktiv zu sein, immer vorausgesetzt, produktiv war definiert und gewünscht. Wäre reines Menschsein anzustreben gewesen? (Bedenkend, dass bereits das meiste gedacht und gefühlt worden war.) Menschsein in seiner reinsten Form: vernunftvoll, im gesellschaftlichen Konsens die abgestimmten Bahnen im

sympathischen Witz zum leichten Wackeln bringend – ohne umzufallen? Der Beitrag des Einzelnen hierbei in derselben Frage stehend wie des Einzelnen Recht auf Freiheit bzw. so weit, wie das Individuum zum Eigensein berechtigte, nicht im logischen Sinne, sondern im gesellschaftlichen. (Nun doch ich im Wir. Dank der Erinnerung.)
Der Gedanke war genauso viel wert, wie an ihn erinnert wurde. Ebenso wie das Wissen an sich bestand der Gedanke aus einem biologischen Phänomen. Erst wenn Gedanke und Wissen erinnert werden, hat der Mensch etwas davon, falls eine Erinnerung an sich etwas wert wäre. Zum wirklichen Nutzen gelangt er erst, wenn sich sein Handeln nach außen hin aufgrund von Erinnertem änderte und die geschickte Umsetzung zu vermeintlichen Vorteilen in Gesellschaftssystemen führt, welche für sich wieder eine eigene Wertigkeit bedeuteten. Das Verhältnis von äußerer Wertigkeit, das heißt dem effektiven Nutzen eines Handelns, zu innerer Wertigkeit, damit ist die eigene Erinnerung und Reflexion von Gedanken gemeint, bestimmt die Abhängigkeit des Individuums zur Gesellschaft und damit seine eigene innere Stärke (waren meine Gedanken).
Schließlich ergeht es dem einsam lebenden Menschen als praktizierender Mönch am besten, wenn er von der äußeren Welt isoliert seine komplette Persönlichkeit für sich nach innen auslebt. Der Gedanke sei also in vielen Bezügen wertlos, zumindest für die Allgemeinheit. Selbst dann, wenn er geäußert und aufgenommen war, um von dort wieder als ein anderer Gedanke weiterzuleben. War der Mensch zu nichts mehr fähig, als sich dem gegebenen Unterschied zur Maschine hinzugeben und der hypnotischen Funktion eines Gedankens hinzugeben,

der wie ein Betäubungsmittel das gesamte System des Menschen beschäftigt hielt? Überlistete der Mönch die Wirkung des Betäubungsmittels Gedanke durch aktives Nichtdenken? Findet er wirkliche Anwendung für die menschlichen Fähigkeiten, die durch den Menschen nicht erfassbar sind, da dieser von Gedanken davon betäubt ist? Höhere Gedanken durch die Freiheit von menschlichen Gedanken mit der Befähigung zu Dingen, die vom Menschen nicht erfassbar sind? Also doch besser die aktiven Stimuli des Nervensystems durch passiven Medieninput lahmlegen? Trance? Das Beschäftigen des Menschen durch Dokumentation eines gehabten Gedankens, wissend, dass nicht gehabte Gedanken auch nicht dokumentiert werden können? Ich bereitete mir also einen weiteren Kaffee. Zu viele Eindrücke, die ich nicht haben konnte.

Ich machte mir zu viele Gedanken über Gedanken. Es wäre besser gewesen, ich hätte das Ende verinnerlicht, für mich selber einen Glauben daran entwickelt. (An etwas glauben, was sicher ist? Ein Wissen entwickeln?) Erst das würde mich in die Lage versetzen, aus einem inneren Antrieb der Situation entsprechend zu handeln. Also beispielsweise die Dokumentation und das Denken zu lassen und vielmehr den Moment-orientierten Aktivitäten nachzugehen. Das, was man tut, auch sonst.

Mit dem Denken kam jedes Mal, in einer erstaunlichen Synchronizität, die Frage nach der Begründung dieses Gedankens zurück, und dies einher mit der Erkenntnis, dass es nichts ändern würde.

Dass es nichts ändern würde. Gleicher Tag

Ich ging hinunter auf die Straße und fing an, zu beobachten. (Immer mit dabei ein Wunsch: Als neuer Mensch betrat ich die Straßen der Welt. Was für eine Möglichkeit, hier zu sein, wo immer man möchte hingehen zu können.)
Mich interessierte die Handlung, die Dinge, die wirklich passierten! Aus irgendeinem Grund kam ich dennoch nicht los, mich vom Abstrakten zu lösen! Dazu immerfort die Nachrichten.
Wäre es nicht ein Leichtes, den Gang der Dinge auf der Straße nachzuzeichnen? Sich das Ende weg- und den Sommer hinzuzudenken? Wie würde mir eine Erzählung über die bunten Menschen in interessanten Cafés gefallen, anstatt den praktischen Untergang theoretisch begreifen zu wollen? Hinter jedem Einzelnen, vor allem während der Teilnahme am öffentlichen Leben, steckt schließlich das Irrationale, hinter jedem Gesicht mindestens verkleidet ein Wunsch. Keiner konnte ablesen, ob du gestern ein Lamm geschlachtet oder dein Kind zur Adoption gebracht, ob du Blumen schenkst oder Plastik verbrennst. Nirgends stand geschrieben, was du als Nächstes tun würdest, wohin du gehst und warum. Schön wäre es gewesen, zu beobachten, wie jemand dort sitzt, an einem dieser illustren Orte, mit einer Zeitschrift in der Hand. Schon würde es sonnig werden in der Geschichte und der Atem bliebe mir weg inmitten von duftenden Herrlichkeiten, während meine Sorgen, durch die guten Gefühle abgelenkt, einfach woanders hinwanderten.
Draußen aber war es kühler, als das helle Wetter suggerierte. Die Luft lag ohne besondere Merkmale über dem

beginnenden Nachmittag. Vor dem Haus zeugte nichts von besonderen Vorkommnissen, Plastiktüten tanzten um Straßenecken herum und wurden von Hunden besucht, deren Besitzer derweil stoisch die Leine entlangblickten, als Ersatz für weitere Momente. Einige gingen in Gebäude hinein, während andere davor verweilten. Der Geräuschpegel erschien normal.
In schnellem Gang ließ ich die einzelnen Blocks der geordneten Nachbarschaft hinter mir, um zur Hauptstraße zu gelangen. Die Wahrnehmung spiegelte vor, getrübt ein klares Bild abzugeben. Sorglosigkeit war das Wort, das ich nicht mehr loswurde, während der Gang der Dinge in mächtiger Gewohnheit durch die Straßen des Alltags lief.

Wie lange ich auch ging, ich kam zu keiner Handlung. Mir erschien alles normal. Trocken und alltäglich farblos beschrieb jeder einzelne Windstoß die Seiten des Tages. Ich hätte gerne das Gefühl von teilweiser Panik gehabt. Die laufenden Meter auf der Nebenstraße waren somit enttäuschend und erfüllten nicht die durch die Nachrichten gestellten Erwartungen, als sie am Ende auf die Hauptstraße mündeten. Dort tat sich mehr, was sich sogleich bemerkbar machte, als mir der einzige Supermarkt der Gegend gegenüberlag. Dort herrschte ein aufgeregteres Treiben. Mit vollbepackten Tüten liefen angespannt Familien heraus, die Schlangen an den Kassen waren überfüllt, hier und da kam es zu ungeduldigen Äußerungen, meistens gegen die anderen Untergehenden und weniger gegen das Kassierpersonal, mit welchem man solidarischer umging, schließlich hatten diese weniger Zeit zum Leben, dass heißt zum eigenen Leben, wenn man die Arbeitszeit im Supermarkt nicht zum eigentlichen Leben dazurechnete. Die Toleranz kleinen Delikten gegenüber schien im Zuge der drohenden großen Krise als aufgeweicht, Ladendiebstähle oder Mundraub passierten unkommentiert als ein vermeintlich verständlicher und in der jetzigen Situation dem notwendigen Noteinkauf gegenüber minderen Übel. Sollte das Ende des Monats vor dem Ende der Zeit eintreffen, dann erst würde sich dies bemerkbar machen. Die Hektik war endlich angenehm ungenießbar und trieb mich mit ihrem Überfluss an menschlichen Regungen weiter die Straße hinunter. In den Drogeriemärkten erkannte man weniger Betrieb, einige waren unüblicherweise geschlossen. Hygiene- und Pflegeartikel sind für das Langfristige. Anders die Situation, als ich die Straße überquerte und zur großen Apotheke gelangte. Eine Schlange von Menschen reichte bis auf das Trottoir. Dem Weltuntergang mit weniger Schmerzen begegnen zu wollen, schien mir begreifbar. Dort bei der Apotheke legte sich auch der Geräuschpegel auf ein für den Untergang verständliches Niveau. Demütig leise schlichen die Menschen in gegenseitigem Einvernehmen aus dem gelben Gebäude. In Unsicherheit des Geschehenden hörte ich genauer hin, wie sie doch komische Laute flüsterten. Jeder einzelne fast unhörbar, sodass ich nicht davon berührt werden möchte. Kaum verständlich, gab es der eigentlichen Verzweiflung des Momentes einen skurrilen Anstrich. Ein Ziel vortäuschend, um nicht angesprochen zu werden, ging ich ohne näher hinzusehen an der Apotheke vorbei die Straße weiter hinunter. Bilder zum Ende formten sich dabei in meinem Kopf, wie ich mir Menschen in dieser Situation vorgestellt hatte, wie sie aus der Lethargie das Irrationale überspringend in Panik agierten, als plötzlich ein unschuldig klingender

Lärm aus neuer Richtung zunahm. In einem Park nebenan spielten Kinder, wie an den anderen Tagen zuvor auch, Kinder als grundsätzliche Menschen von morgen (Rohlinge der Gesellschaft). Eine Anhäufung von Sorglosigkeit, warum eigentlich? Meine Gedanken sahen sich mit Unstimmigkeit konfrontiert. Eine bunte, spielende Zusammenkunft der Hoffnung, jetzt aber eigentlich unbegründet. Die auf Kinder übertragene Sinnhaftigkeit, das Leben zu bestehen, war mit jedem weiterführenden Gedanken hoffnungslos. Wieder warum eigentlich? Auch vor dem Untergang hatte Hoffen und Kinderkriegen den gleichen Sinn gehabt. Was hätten diese besser machen sollen als wir, die gleiche Resistenz gegen ein Überschreiten der eigenen Grenzen vorausgesetzt? (Allzu selten noch wird, zum Heil oder Umsturze eines Reiches, ein Denis geboren sein!) Übertragen der eigenen Unfähigkeit, Abschieben der Verantwortung. Entschuldigung! Ich bin einer Mutter gegen den Kinderwagen gerannt. Wer hätte vor diesen Monaten wissen können, dass nicht mehr jedes Bewusstsein den Untergang in voller Form mitbekam.

Sie würden nicht mehr lange spielen. Der kalte Himmel zog sich mit einer grauen Wolkendecke zu und kam dem endenden Nachmittag zuvor. Irritation begleitete mich die Straße weiter hinab zum großen Marktplatz. In der dunklen Folge des Tages gelangte ich am Ende des Platzes an die Kirche der alten Stadt. Während Regen eine Konsequenz zu sein schien, verdunkelte sich der Zenit über dem langen Giebeldach des gotischen Baus. Von Weitem hörbar schepperten die bronzenen Glocken durch die leere Luft, den Dienst am Gott ankündigend. Die andächtige Stille der uniformen Menschen zog mich die steinerne Freitreppe hinauf. Wie natürlich schwemmte mich die Masse der Besucher die Treppen zum Portal nach oben in die Kirche hinein, getrieben von der Kuriosität, zu erfahren, wie weit die Phantasie zur Hoffnung reichen würde. Das Gotteshaus war aber bereits bis unter das Dach gefüllt. Noch vor den Toren strömte die neue Menge an Menschen vor Überfüllung wieder etwas zurück, so viele von ihnen wollten die Stunde verpfänden im Glauben, das kurz Bevorstehende in richtige Ewigkeit ummünzen zu können. Mit Drücken und Schieben machte ich mich nach vorne, den Einzelnen ignorierend, während hinter mir der erste Blitzschlag laut den dunklen Regen ankündigte. Dann ging es los. Tiefe, barocke Orgeltöne leiteten die Ehrfurcht ein, langsam schwingende Schalen beweihräucherten die Vernunft. Betäubend setzte die Gemeinde zum Gesang an und ließ aus Volk Personen werden, die in Einheit strahlend dem Guten einen Klang gaben. Der Gesang bezauberte die Momente, welche immer wieder unterbrochen wurden, wenn ein neuer Schub von mittlerweile nass gewordenen, außen gelassenen, sogenannten Gläubigen die Menge nach vorne drückte. Nüchtern zurückgekehrt sah ich wieder Menschen um mich herum. Außen das nass werdende Diesseits, innen von Rauch betäubtes, trockenes Jenseits. Dabei packte mich immer wieder das Verlangen, meinen Nachbarn zu fragen, ob dies ein besonderer Moment sei? Er würde mich entschuldigen, aber ich müsste es wissen, damit ich ihn entsprechend wahrnehmen könnte, diesen Moment! Doch bevor ich ansetzte, senkte sich auf gewusste Absprache hin der Gesang und wurde sofort für aller Aufmerksamkeit eingetauscht. Köpfe renkten sich nach oben, als er eintrat, der Priester, und die Arme aus dem schweren Gewand hob. Zeremonielles folgte. Dem Ende gegenüber unbeeindruckt. Man horchte den Riten und es war klar, dass die Anwesenden auf jeden Fall im Untergang (und danach) anders behandelt werden würden. Notfalls auf diesen Teil verzichten könnend erwartete ich mir allerdings für mein glaubhaftes Erscheinen Entschädigung von der inhaltlich arituellen Predigt. (Weiterhin Zeremonielles.) Die gezwungen sakrale Atmosphäre wurde leichter und die Anspannung wich, als das Buch zugeklappt und der Text der Predigt hervorgetan war. Es begann nicht, ohne dass der nasse Wind die Ungemütlichkeit des heftiger werdenden Regens weiterhin in die Kirche peitschte und Blitz und Donner, nur noch durch die dünne Mauer getrennt, draußen die Größenordnung der Natur demonstrierten.

– In einer Welt des Nichts – sind wir kleine Samenkörner, die unbedeutend – ihrer Öffnung entgegenstreben. Voll sind die Fässer des Lebens mit Hass und Gewalt, gesättigt mit Missmut und betrunken vor Neid, aber – aber durchzogen auch von süßen, feinen Fäden der Liebe! Ihr seid alle zahlreich heute gekommen als geballte Erwartung an die Zukunft! Keiner glaubt an die Vergangenheit, keiner spricht sich vage über die Gegenwart aus, für die Zukunft sind wir hier! Und wir wären nicht hier, wenn es uns in einer Minute nicht mehr gäbe. Wir würden uns nicht eintauschen, wenn wir nichts dafür bekämen, hart – ist die Probe, der Er uns aussetzt in diesen Tagen, trocken und lang kann die Dürre werden und tief der Schmerz. Satan selber ging weg vom Antlitz des Herrn und schlug Job mit bösem Geschwür von der Fußsohle bis zu seinem Scheitel – so steht es geschrieben und so widerfährt es uns auch! Diesmal ist es nicht der unermessliche Scheuer des Weltalls, wie er mit seinem unerbittlichen Dreschflegel das menschliche Korn drischt – diesmal trennt sich keine Spreu vom Weizen, denn in diesen Zeiten ereilt uns alle das Schicksal, die Spreu zu sein! Und gemeinsam sind wir gekommen und gemeinsam werden wir gehen! Tröstet euch nicht hinweg in dieser Stunde der dunklen Wahrheit, sondern haltet fest an dem Glauben, der euch hierher gebracht hat, formt – euer Bild des Herrn, gebt – in der Hoffnung und Liebe, euer eigenes Ich, und – ihr werdet sehen – in welcher göttlichen Erbarmung die Pforte des Himmels und der Glanz des ewigen Lebens auf euch warten! Er sagt, dunkel – seien ihrer Dämmerung Sterne, aber harret – auf das Licht! Schauet auf der Morgenröte Wimpern! So entlasse ich euch, wie Er – seine Jünger entlassen hat, bevor sie zu Ihm fanden in – Erlösung und ewiger Liebe. Gehet hin und sehet dem Ende ins Antlitz voller Glauben und Zuversicht! Kurz nur wird des Menschen Prüfung auf Erden weilen, lange und voll der Erfüllung trägt das ewige Leben in reifer Frucht die Glückseligkeit zum Vollkommenen. Nach langer Prüfung, in welcher wir nachstehen, erkennt so auch Job, dass Er alles vermag und ihm kein Vorhaben unmöglich ist! Unsere Fehler und Sünden erkennend, bekennt Er für uns und fragt: Seid ihr es, die den Weltenplan verschleiern bar der Einsicht? Und damit entlasse ich euch in die Aufgabe eures Lebens mit der Erkenntnis Jobs: Deswegen widerrufe und bereue ich in Staub und Asche – alles! Amen.

Zeremonielles. Unterbrach die verbleibende Stille des restlichen Dienstes. Die Predigt war begleitet worden durch das Prasseln des dichten Regens, der nun gegen Ende in ein nachsichtiges Nieseln übergegangen war. Es war das schlechteste Wetter der Jahreszeit. Andacht trat an die Stelle der Erwartung, als der Gottesbau die Menge in den kalten Rest des Tages zurückspuckte. Jeder für sich knüpfte den Mantel zu und trug die eben gesprochenen Worte als Gedanken (oder Erinnerung) mit nach Hause. Geändert hatte sich mit der zunehmenden Zuversicht nichts in der äußeren Welt. Der dunkle Marktplatz war derselbe wie zuvor. Auf ihm standen immer noch die drei großen Bäume. Den Glauben beschließen, das nützte jetzt nichts mehr. Sich ihm erschließen ebenso wenig wie sich ihm verschließen oder mit ihm abschließen. Was Gott fehlte, ist die Erfahrung des Todes.

Es war Abend geworden, wie zu erwarten. Langsam nur bewegte ich mich nach Hause. Das statische Treiben in der Eckkneipe gegenüber meiner Wohnung erschien mir als eine vom Pegelanstieg der Irrationalität geschützte Insel, sodass ich alsdann eintrat und Kornschnaps bestellte (für alle, warum nicht?). Die Reaktionen um mich herum blieben im Großen aus, das heißt, man gab sich unbeeindruckt und nahm das Getränk an. Erst nachdem sich die Eindrücke des Tages mit der Wärme des Korns friedlich in mir gesetzt hatten und sich in mir eine saubere Fläche für ein wenig Abstand in meinem Geiste bot, trat jemand an mich heran, ein älterer Herr.
Sein wohlwollendes Lächeln verriet bereits eine subtile, ungewollte Offenheit. In gebrochener, aber verständlicher, wenn auch alkoholisierter Sprache bedankte er sich, mich zu einem Gespräch auffordernd, für den Schnaps. Obwohl er sein Bedürfnis eines erzählerischen Rundumschlags zu seinem individuellen Schicksal (wie gewohnt Herkunft, Familie, generelle Zweifel und Meinungen, Politisches und Kategorisierendes etc.) nicht zu unterdrücken vermochte, hatte zumindest seine darge-

stellte Distanz zum jetzigen Geschehen etwas eventuell Sympathisches an sich. Jedoch merkte ich, wie mir seine Erzählung nach den ersten Sätzen des höflichen Hinhörens nur Hintergrund meiner Gedanken war und seine Geschichte nur durch vermeintlich zustimmendes Kopfnicken meinerseits aufrechterhalten wurde. Er hatte Hoffnung, sonst würde er nicht sprechen. Er musste zusehen, wie meine Gedanken abwanderten (wofür auch er Verständnis haben sollte). Zu groß war die Vielfalt auf Erden geworden, zu unbarmherzig die Informationen, welche die letzten Schicksale kommentiert an jeden Winkel der Welt trugen, als dass man für alles Verständnis haben möchte! Immer wieder überkam mich der Verlust des Überblicks. Stellen Sie sich vor, fuhr ich ihn aus einer Melancholie heraus an, ein arabischer Zahnarzt, ein frisch gewaschener Südländer und/oder eine Frau mit einem Sportcoupé (ausparkend), und auf Verlangen ein zuckerkranker Russe. Alle mit der gleichen Berechtigung, zu jedem Zeitpunkt etwas wollen zu dürfen (Hoffnung zu haben?), für das individuelle Bedürfnis (Freiheit, Recht auf eigene Meinung, Anerkennung der eigenen Erkenntnis und besonderes Äußeres etc.) und/oder der eigentlichen Individualität wegen. Das konnte auf lange Sicht nicht gut gehen. (Das wussten vermutlich auch diejenigen, welche mit der Ausrottung des Planeten begannen.) Der Raum war begrenzt, die Oberflächen wurden nur anscheinend größer, als jede Wahrnehmung gleichzeitig individualistischer werden durfte (Inflation des Individuums!). Die Aufklärung zur sich auflösenden Begrenztheit des eigenen Seins stieg ebenso in der Berechtigung wie die Erlaubnis, unendlich ausdehnende Grenzen auszuschöpfen. Als regulierende Größe des Kollektivs kam nur noch ein gestiegenes

Sicherheitsbedürfnis in Frage, welches die subjektiv unterschiedlich ausfallenden Interpretationen der persönlichen Entfaltung durch andere, nach außen hin wirksame Grenzen kontrollierte. Kontrolle, wiederum einhergehend mit dem Einreichen der eigenen – soeben gewonnenen – Freiheit. Die Hauptsache hierbei, wir merkten es nicht und behielten das gute Gefühl! (Prost.)

Und dann änderst Du etwas. Ein kleines Detail wird es sein, aber Großes kann entstehen. Dein Beitrag, Dein Zutun gibt das letzte Gewicht, um in Bewegung zu kommen. Dein Entschluss.

ERWACHSEN

Hat dich jemand gefragt, ob wir den Kern für dich spalten?, fragte ich meinen slawischen Gesprächspartner. Er schaute von seinem Glas auf. Er hatte zwei neue Schnäpse bestellt gehabt und war mittlerweile dazu übergegangen, die eigene Erzählung ebenfalls kopfnickend zu bestätigen. Er lächelte. Mein Lächeln aber ging an ihm vorbei und galt dem öffentlichen Fernsprecher am Ende des Tresens. Wenn es jetzt klingelte, rief jemand an. Eine komplett andere Welt vielleicht. Was würde mit dem Takt der Stille passieren, was mit dem Umbruch der Interessenlosigkeit hier im Raum? Man hätte theoretisch der Angerufene sein können, jeder. Das vorläufige Geschehen des stattfindenden Zeitpunkts würde zeitraffend in den Hintergrund treten. Der normale Handgriff des Kellners, wie er mechanisch die Gläser spülte, entpuppt sich als bewusster Moment. Wer ist im Weltuntergangsfall erreichbar?
Ich schreckte auf, als der Kornschnaps aus dem umgekippten Glas meines Gegenübers in meinen Hemdsärmel floss. Beinahe fröhlich fuhr er aus seiner Lethargie hoch und erfreute sich des Passierten, der Möglichkeit, neu zu bestellen, und der Aufmerksamkeit des Kellners. Ein Klingeln des Telefons hätte die Ungezwungenheit entlarvt. (Falsch verbunden.) Die Geschehnisse erschienen in falscher Relation. Mit beinahe parallaktischem Blick starrte ich in das Gesicht meines Gesprächspartners und saugte das Menschliche aus ihm heraus, alles, was in ihm

als Individuum vorhanden war, das ganze Konstrukt der Motivationen, die Dialektik des Handels, die Blaupause seiner Vorstellungen. All das wollte ich haben, besitzen und verstehen. Den tiefsten Ursprung des faltenwerfenden Lächelns, das Glitzern der wässrigen Augen, die Sorglosigkeit der Familie. Die Abwesenheit der Zukunft. Die tatsächliche Vorstellung, zum Hörer zu schreiten, trennte jedoch die Handlung vom Gedanken und das Telefon klingelte weiter.

Erneut gestatte ich mir, dem heute erlebten Verhalten der Menschen auf der Straße eine Geltung zu geben. Wenn feststand, dass das Leben in ein paar Tagen, Stunden vielleicht, erlosch, wieso erlaubte der breite Fächer der menschlichen Wahrnehmung, eine derartige Vielfalt von Hoffnungen und Zuversichten bereitzuhalten? Zu meinem eigenen Erstaunen hatte ich in der angezählten Gesellschaft ältere Menschen beobachtet, die, in einem ernsteren Bewusstsein das bedrohende Ende erfassend, extremer und konsequenter zu handeln schienen. Womöglich auch weniger gelassen, krisensicherer, aber schlussendlich erfahrener. Eventuell nicht nur auf das hiesige, sondern auch auf das jenseitige Leben bezogen? Absicherung des persönlichen Lebensraums auch über die derzeitige Form hinaus. In Erfahrung gebracht durch entsprechend lange Qualifikation ist ihnen der Ernst der Lage bewusster, obwohl sie weniger zu verlieren hatten als jüngere Menschen. (Zuversicht an eine Wiedergeburt, an ein Leben danach als logische Folge des passierenden Weltuntergangs.) Der Mensch wehrte sich gegen das Ende über den Tod hinaus. Zumindest wenn er nah und unverschämt ungefragt war, was er in der heutigen Zeit nicht nur ist, sondern sogar als gute Tugend sein sollte.

Alles, was recht war, nur kein Ende, und wenn, dann nur mit Verlängerung. Fordern als gute Charaktereigenschaft und Indiz des Modernen. (Nach dem Ende der Postmoderne folgte auf den Tod das teraphysikalische Begreifen von noch nicht existierenden Gefühlen.) Die Möglichkeit auf Wiedergeburt war nicht ausgeschlossen und gleichgültig für alle. Vorstellbar könnte sein, die Evolution andersherum durchzumachen (Memoiren eines Siebenjährigen), wobei das Ende mit dem Alter feststeht. Was dennoch zu füllen blieb, war die Zeit bis dorthin. Vorzeitiges Ableben ausgeschlossen, Unglück im Generellen jedoch nicht. In calvinistischer Bedeutung benahm man sich in seinem Leben in der Form, dass man dem bereits Gelebten entsprach. Besonnen blickte man auf das Erreichte voraus. Alte Menschen üben schon länger das Nichts.

Das Absurde hatte nur insoweit einen Sinn, als man sich nicht mit ihm abfand. Galt dies auch für die Absurdität eines Weltuntergangs? Und wie ging man mit durch Absurdes bedingtem Skurrilen um? Das Absurde stand dann verhältnismäßig zum Absurden als relative Größe. Es erschien abwegig genug, dass der menschliche Lebensraum und damit seine Existenz zu Ende ging, und jenes unerwünscht. Dennoch erlebte das anthropomorphe System mit seinem gleichzeitigen Finale eine Klimax der Kuriositäten. Absurdität als letztes, unbegreifliches, molekular zerlegbares Gewürz des menschlichen Lebens. So musste man sich nicht nur damit abfinden, nicht mehr zu existieren, man hatte sich darüber hinaus einzugestehen, dass das bisherige Wissen (und weitere Schlussfolgerungen hieraus) Teil eines dem Menschen nicht verständlichen Übersystems gewesen waren. Zumindest deuteten die kürzlich eingetretenen, bizarren Ereignisse darauf hin. Das (oder ein) übergeordnetes Konstrukt könnte sich entschlossen haben, sofern es zu Entschlüssen im menschlichen Verständnis fähig war, die Weltordnung einer universalen Formation zu unterwerfen. (Wenn es zu keinem Entschluss fähig war, dann tat es es trotzdem.) Egal, was als Folge daraus geschah, es verblieb unmöglich, dies human zu erklären oder zu erfassen. Demütige Hinnahme des Programms als zwangsläufige Tugend, welche der angstlosen Generation keine Mühe machte, denn sie bekam davon nichts mit. Auch ich dachte mir, eine Direktübertragung des Ereignisses wäre jetzt besser als der Weltuntergang selber. Der Besitz vernunftbezogener Intelligenz befreite dazu automatisch und im Vorfeld von Schuld. Ich stelle mich steril.

Wir werden aufgeklärt. Um fünf Minuten vor Mittag hatte sich die Hoffnung mit einer Fernsehbotschaft gemeldet. Man konnte zunächst nichts verstehen, vermutlich hatte das höhere System ebenfalls die Kommunikationswege der Menschen nicht richtig interpretiert und es eventuell über anders ansprechende Sinnesorgane erfolglos versucht. Umso ernüchternder war dann die zu verstehende Botschaft der Hoffnung, und zwar weniger deren eigentlicher Inhalt als die alleinige Feststellung, dass die Hoffnung eine eigene Meinung hatte.

Im Abwarten und beim sechsten Korn bemühte ich bemitleidend meine Uhr erneut. Die Zeit blieb Gewinner. Zu früh, um nach Hause zu gehen. Der Fernseher in der Ecke der Kneipe berichtete unaufhörlich von den Geschehnissen auf der Welt. Dokumentierter Untergang.

Damit ein Fernseher Nachrichten verbreiten konnte, bedurfte es einer Menge von Personen. Diese mussten wiederum Dinge tun, damit etwas passierte. Leute vor Ort, Strom, Kraftwerke, Nachrichtensprecher, Kameramann, Maske, Blumenmädchen. Alle anscheinend im Dienst der Menschheit. Und die Überzeugung, die Kamera zu halten, war zum jetzigen Zeitpunkt sinngebender als anderem nachzugehen, beispielsweise letzten Erlebnissen im Familienkreis, endgültiger Romantik mit dem Partner oder ewig gleichen, nur jetzt letzten Abenden mit Freunden. Jedem Geist entwuchs lachend und selbstverständlich die Motivation zur nächsten, kleinen Handlung. Im Kontrast hierzu erschien mein gekrümmter Sitz, rechter Arm auf dem Bartresen, als verschwundene Kontur. Schneller noch als der Gedanke zur Handlung war mir jedes Mal die Einsicht einer Sinnlosigkeit. Diese Logik rationell unterbrechend entschied ich mich, auch etwas zu tun. Dazu hatte ich die ausgesprochene individuelle Freiheit. Ich wollte mich engagieren: Ich war gegen den Weltuntergang (vehement und bestimmt mit jedem Korn mehr).

Nebenbei, dem Zuge der Hoffnung entsprechend, verkündete der Nachrichtensprecher, dass gerade ein Wirkstoff gegen Schwächekrankheiten gefunden worden war. Beziehungsweise war dieser schon vor einigen Jahren gefunden worden, man hatte sich jedoch erst im Zuge der weltweiten Lage dazu entschlossen, diesen auch zu vermarkten (jetzt, wo das ewige Leben nichts mehr wert ist?). Hypokratische Boxkämpfe. In der einen Ecke Federgewicht, flexibel und schnell, der gesunde Markt, in der anderen Ecke in Rot, übergewichtig und virenhustend, die kranke Notwendigkeit. In derselben Disziplin, den Atemzug des Nachrichtensprechers ausnützend, wurde nun endlich (wir konnten uns darauf verlassen) ein energieloses Fortbewegungsmittel vorgestellt. Dieses Problem war somit vom Tisch. Die Begründung der individuellen Mobilität durch die persönliche Freiheit konnte dadurch weiterhin die Oberhand über die Allgemeinheit betreffende Zweifel behalten. Überflüssig war, anzumerken (schmunzelnd ebenfalls der Nachrichtensprecher), dass sich diese umweltzugeneigte Methodik ohne Probleme auf alle Verkehrsarten übertragen ließ. Wasser auf den Mühlen all jener, die dieses schon immer wussten. Geltungssüchtiger Zement im Getriebe des erkenntlichen Fortschritts. Gleiches für Endlagerstätten, Hunger, Blasphemie, westliche Gereiztheit, Laktose und Toleranz ...

Was konnte man tun? Plakate kleben. Sich den verschiedenen Gruppen anschließen, auf jeden Fall irgendwo anschließen. Und noch einmal mitmachen, engagieren. Eine Gegendemonstration für mehr Wahrnehmung organisieren. Ungerechtigkeit nicht bis zum letzten (Moment)!
Ich trank aus und überlegte nur, nicht zu zahlen. Draußen betrat ich eine Welt, in der alle Probleme gelöst waren (technisch und psychologisch). Trotzdem pfiff der stärker werdende Januarwind scharf durch die Schluchten der Straßen. Den Mantelkragen aufstellend tränte der stechenden Kälte wegen mein Auge. Nie war es schöner als jetzt.

Sie geht unter. Sie geht nicht unter. Sie geht unter. Sie geht nicht unter. Usw. Ich begann zu zweifeln. Träumend stellte ich mir ein Steinhaus am See vor. Als Zufluchtsort vor der Zivilisation ausgestattet mit dem

Notwendigsten liegt es mit dem Rücken an einem Hang, Efeu rankt sich an den alt gewordenen Steinwänden bis oben über das Dach. Die Steine erzählen moosbewachsen die Geschichte eines ruhigen Beobachters, wie er Jahrzehnte über einen glatten See blickt. Vor dem Haus stehen Bänke um einen Tisch, ebenfalls aus Stein, einige Holzmöbel und etwas abseits Richtung Wasser eine zusätzliche Feuerstelle. Weiter unten am Wasser ein Steg mit einem kleinen Ruderboot. Hinter dem See ziehen sich die Berge anonym schützend in Höhen unvorstellbarer Ruhe. An diesem Ort würde man mit der frischen Brise der Morgenluft aufstehen, durch die Holztür ins Freie treten und mit einem Sprung in den See dem ruhigen Wasser die ersten Impulse des neuen Tages geben. Dann nach einigen langen Zügen in Richtung der Berge blickt man schwimmend zurück, wie sich der Frühnebel langsam und rücksichtsvoll vom einsamen Hause hebt. Zurück, mit einem Handtuch um die Schultern, macht man sich mit einfachen Mitteln einen guten Kaffee. (Der breite Deckel der Kaffeedose, der Zuckerspender auf dem Holzregal, erste Sonnenstrahlen, die Kanne auf dem Gasherd, schließlich die dampfende Tasse in der Hand langsam zum Mund führend.) Wieder auf der Terrasse stehend. Bis hierher wären die Dinge in Ordnung. Zuflucht vor dem Untergang. Kein Wesen, kein Aggressor, keine externe – oder was auch immer – Kraft würde ein Leben hier auszulöschen versuchen. Wozu die Mühe? Man befindet sich im Einklang mit dem Übriggebliebenen, gar nicht wissend, ob etwas übrig war. Tagein und tagaus dem einzigen menschlichen Zweck des reinen Daseins Rechnung tragend.

Da das Januarklima immer noch harsch die Dunkelheit der Straße bekleidete, musste die Vorstellung des Steinhauses für Mai oder Juni sein. Als einzelne Seele vermochte ich gedanklich am See zu überleben. Zunächst stand ich an einer Straßenecke und versuchte, das aktive Dasein herbeizuführen.

Erinnerungen an die ersten Schlagzeilen und Berichte vor ein paar Tagen, als es anfing, kategorisierten die erneute Absurdität, die mich heimsuchte. Es hatte die ersten Toten gegeben und man wusste nicht, woran es lag. Zunächst waren es dreizehn Bewohner eines Vororts gewesen und man hatte mit akribischer Sorgfalt eine Ursachenfeststellung durchgeführt. Für die westliche Welt war es im Bereich der normalen Katastrophen. Erstens war das Geschehnis weit genug entfernt und zweitens trug man in angemessener Form Sorge, dass es, was immer es war, sich nicht ausbreitete. Auch das inszenierte Staatsbegräbnis der dreizehn übermittelte die korrekte Ernsthaftigkeit des einzelnen Vorkommnisses. Beim zweiten Vorfall waren dann vierhundertundelf Menschen getötet worden und die Freiheitsgrade der Panik entwickelten sich potenziell zur Anzahl der Getöteten. Wie sich herausstellte zu Recht, denn bereits einige Stunden danach erfolgte der erste große Schlag, welcher in seiner Opferzahl annähernd noch gar nicht erfasst worden war, als es zum zweiten Mal zur großen Vernichtung kam. Man befand sich diesmal weit in den Tausenden und mittlerweile erzählte man von über vierhundert Millionen toten Menschen, zumeist auf dem asiatischen und afrikanischen Kontinent. Eine genaue Zählung würde hier natürlich keinen Sinn mehr ergeben, ebenso wenig wie ein Staatsbegräbnis (die Leichen der ersten vierzehn waren noch in mit der Landesflagge verzierten Särgen aneinandergereiht aufgestellt gewesen). Im Zuge der vielen Toten erschienen mir meine sechs Kornschnäpse von gerade eben in anderem Licht. Das Ende wurde in der Dimension größer, wenngleich in der Vorstellung trotzdem schwer begreifbar. Vierhundert Millionen überstieg als Zahl meine Vorstellungskraft. Obwohl die Straßen nur mäßig beleuchtet waren, konnte ich momentan drei Personen sehen, zwei auf der gegenüberliegenden Straßenseite sowie eine, etwa fünfzig Meter vor mir gehend. Dazu könnte man die Personen im Haus daneben zählen, eventuell weitere drei, also sieben insgesamt, mit mir. In der Kneipe waren es fünfzehn gewesen, in der Schlange vor der Apotheke fünfzig. Dabei galt es zu beachten, dass jeder noch seine eigenen Vorstellungen und Wünsche besaß! Bei vierhundert Millionen musste hierfür schon besondere Rücksicht gelten. Dazu leuchtete mir ein, dass die Entsorgung der Leichen ein tatsächliches Problem war und der Vorwurf, man würde die Leichen hinterlassen, um der endzeitlichen Bedeutung eine die dramatische Wahrnehmung der Bevölkerung stärkende Bühnendekoration zu geben, unsinnig erschien.

Es mag eine subjektive Wahrnehmung gewesen sein, abhängig vom eigenen Solidaritätsgefühl, dass die Anzahl der Toten mit den gemeinsamen Versuchen, die Aggressoren zu bekämpfen, abnahm. Erstaunlich war es dennoch, welcher Zusammenhalt sich in den letzten Tagen unter den Menschen gebildet hatte. Verzweifelt vielleicht, anrührend, aber solidarisch machten sich Menschen auf, aus allen Teilen der Erde, ausgerüstet mit allem, was zur Hand war, Gewehre, Pistolen, Säbel und Ackerwerkzeug, verabschiedet von denjenigen, die als Rest zurückblieben, um gegen etwas anzukämpfen, was sie nicht kannten, zu allem bereit in der Überzeugung, vielleicht die Zurückgebliebenen uneigennützig retten zu können. Stumm und überzeugt, endlich dem unbekannten Ziel gegenüber schlüssig auftretend, zog man Seite an Seite vorwärts, den Nachbarn nicht kennend, aber wissend, er würde sobald für das Gleiche sterben wie man selbst.

Doch auch in diesem letzten Akt der menschlichen Solidarität schaffte man es, eine Opposition zu haben (demokratisches Grundbedürfnis)! Keinen Tag hatte es gedauert, da meldeten sich die Stimmen verschiedener Gruppen gegen eine gewaltsame Bekämpfung des Aggressors (für friedliche Lösungen, Schutz der zurückgebliebenen Familien, allgemein Alternatives etc.). Schließlich beinhaltete der Kampf an der Waffe für sich eine potenzielle Gewalt und das Haben eines Gegners implizierte, ihn als Wesen jeglicher Art bereits im Vorfeld anerkannt zu haben. Eventuell war aus dieser Konstellation grundsätzlich etwas Schützenswertes entstanden und somit galt es als legitimiert, pauschal einzusprechen. Eine Gruppe brachte es sogar (in der kurzen Zeit) zu einem Skandal mit der Veröffentlichung eines Berichts über einen Soldaten, der aus dem nordasiatischen Raum von Kämpfen zurückkam:

„Das Weiße des Schnees wird zu einer unendlichen Oberfläche aus Wasser. Man tritt hinein und sie schließt sich von Neuem. Schritt für Schritt, Tag für Tag. Der Untergrund ändert sich nicht, man kommt nicht voran, obwohl man geht, marschiert, sich gegen das Stehenbleiben wehrt, und doch dreht sich die Welt ohne Unterlass, man weiß es. Lang ziehen sich die Spuren nach uns im Wasser, um weiter hinten irgendwo im Weiß leise und unbemerkt wieder zu verebben. Die unteren Gliedmaßen, dort wo früher Füße waren, werden als leeres

Fleisch, der vormaligen Hülle unserer Seele, taub und monoton immer wieder auf den Boden gesetzt. Der nicht enden wollende Schmerz des Körpers wirkt unermüdlich am Mauerwerk der Sinnlosigkeit. So ziehen wir durch die Landschaft, die keine ist, denn wir sehen nichts außer dem ewig gleichen Bild einen Meter vor den toten Klumpen unserer Beinstümpfe. Als die zweite Nacht wieder dem Tageslicht erlag, fand erneut nur die Hälfte von uns einen Punkt am Ende des Schnees, um das Leiden erneut dorthin zu verschleppen. Der Rest ergab sich der Hoffnungslosigkeit. Die Betäubung des Schmerzes hatte denselben blassen Ton wie das verräterische Gefühl des Halbschlafs. Gefühle waren noch nie hier gewesen und das wenige Gefühlte verirrte sich taub im Sumpf der Schmerzen. Alles, was gewesen ist, die Welt und das Leben, die Menschen und die Begegnungen, sind nichts mehr. So bleibe ich liegen, für immer, benommen, stumm und leer hinterlasse ich die Hülle dem kalten Boden, geblendet von der Erinnerung, dass der Begriff Hoffnung eine Bedeutung in einer anderen Welt gehabt haben muss. Für den Sinn, welchen sich Mensch eigens ausgedacht, verbrennt mein Licht. Mein Ende ist nahe bei mir, ich kann es spüren, als läge es neben mir im Schnee. Der letzte Funke Verstand braucht mich nicht zu überzeugen, dass die jetzige Aufgabe meines Selbst auch die letzte Aufgabe aller Dinge ist, und doch siegt diese Kapitulation, denn die Mär vom Schönen, der Glaube der Erlösung, die Illusion des Glücks ist unendlich weit und klein, der Geschmack vom Festmahl des Lebens trocken und schal. Für niemanden gestorben, Frantisek Bl., etc."
Der erste Eindruck des Berichtes hatte gestimmt, auch was die Erwartungen der Widerstandsgruppe betraf. Die Botschaft der Lernunfähigkeit des Menschen schien

beschrieben. Jedem, der bereits die Leiden eines Krieges mitgemacht hatte, wurde verständlicherweise die Meinung auf grundsätzliche Kriegsgegnerschaft zugestanden. Das war verständlich. Skandalös an diesem Bericht war jedoch, als sich kurze Zeit später herausstellte, dass es die Aufzeichnung eines Kriegsveteranen aus dem Ersten Weltkrieg war, der gerade aus Russland heimgekehrt war. Man betrieb Stimmungsmache mit vergangenem Erlebten! Das Leiden war nicht zeitgemäß echt, sondern gewesen. Die Begründung der Gruppe war, man könnte dieses beschriebene Schicksal sinnbildlich auch für die jetzige Situation gültig nehmen. Aber vielen reichte das als begründete Quelle für authentische Antikriegsgefühle ihrer Generation nicht aus. So viel eigener Anspruch war gewesen.

Schlussendlich erreichte ich zwischen Gedanken versteckt das Haus meiner Wohnung. Meine Augen hatten sich an die Kälte gewöhnt, als ich den Schlüssel hervorholte. Im Treppenhaus war es dunkel und still. Ohne das Licht anzumachen, hörte ich hinter mir die Tür ins Schloss fallen. Mit dem Geräusch verschwand der letzte Schein der Straße und hinterließ Dunkelheit. Mithilfe des Geländers mühte ich mich in den ersten Stock und hielt kurz vor dem matt schimmernden Lichtschalter an, ging jedoch, ohne ihn zu drücken, im Dunklen hinauf bis in den vierten Stock, so, als ob keiner im Treppenhaus wäre. Auch ich nicht. In meiner Wohnung wartete ein feuchter Geruch. Drinnen legte ich den Schlüssel gewohnt auf die Kommode, als ich feststellte, dass ich das Licht im Zimmer hatte brennen lassen. Von den sechs Glühbirnen im Messingkronleuchter meiner Vormieter waren vier bereits ausgebrannt und nur noch die restli-

chen zwei glühten matt gegen das Ende an. Ich hatte, seit ich die Wohnung vor ungefähr zwei Jahren übernommen hatte, die Glühbirnen ebenso nicht gewechselt wie die farblosen, ehemals roten Vorhänge, die jeden Tag von Neuem hässlicher und erbärmlicher vor den Fenstern hingen. Verändert hatte sich der vertrocknete Blumenstock. Ohne meinen Mantel abzulegen, setzte ich mich auf das schmale Bett. Für einige Minuten.
Ich senkte meine Hände und legte sie flach auf die Oberschenkel. Die Kälte des Raumes brannte rot über dem Frost, der sich von außen in meinen regungslosen Fingern manifestiert hatte. Glühend beobachtete ich die Unfähigkeit dieser Werkzeuge, meiner Hände, wie sie, ausgesetzt, die Forderungen des Tages nicht mehr alleine zu bewältigen vermochten. Ohne Bewegung erschien mir die Möglichkeit, mich bewegen zu wollen, nicht in meiner Hand. Als hätte ich Kraft und Willen mit den Schlüsseln zusammen auf die Kommode am Eingang gelegt, war ich starr und schwer. (Die stärkste Passivität, die ich kenne.) Schön war der Zustand, die Gliedmaßen auf den Oberschenkeln ruhend zu wissen, den Kopf und die Augen ruhig, nicht bewegend, passiv schauend, im ganzen und ersten Sinne seiend. Ein Augenblick, der andauerte, solange er musste, nicht Rücksicht nehmend auf die Kostbarkeit der Begrenztheit. Physisch still, ließ ich der Wahrnehmung freien Lauf. Das Bewusstsein erweiterte sich, die Formationen veränderten sich. Der Raum um mein Bett herum wurde in der zunehmenden Zeitlosigkeit zu festem Granit. Die Disziplin der Gegenstände geriet ins Wanken. Beim Hinhören merkte ich, dass kein Geräusch den Moment durchtrennte, keine Bewegung mehr eine zeitliche Dimension bewies. Die Luft erstarrte zu Masse und konnte den Zustand für alle

Ewigkeit einfrieren. Wenn ich jetzt bereits tot wäre, würde dieser Zustand für alle Zeit bleiben.

Und dann wirst Du Dein eigener Herr. Du fühlst, wie Du strahlst, nach außen, ein neues Gefühl, eine neue Kraft. Das Ich kehrt zurück zum innersten Zentrum, wo es wirkt und gedeiht. Der Glaube an sich wird zur Gewissheit. Es gibt Kontrolle, endlich wieder Kontrolle.

So wurde es kälter, als das Telefon läutete. Mit dem Klingeln kam schlagartig die Welt von außen in den Raum zurück und zerbrach ohne Geräusch die Starre der Luft. Ohne mich zu bewegen, war mein Bewusstsein zurückgekehrt mit der Frage, abzunehmen. Mit dem fünften Ton bekam der Anruf eine andere Bedeutung und ich nahm den Hörer ab. Ich war im richtigen Leben, es war eine Bekannte.
„Wie geht es deiner Mutter?"
Meine Mutter, ich hatte eine Mutter (danke für den Anruf)!
„Es geht ihr wie immer," erwiderte ich nach einer Pause. „Sie wird das Ende ebenso erleben wie wir, als Ende."
„Es tut mir leid. Können wir etwas tun? Wir fahren morgen in die Stadt und könnten sie besuchen!"
„Nein danke, es ist o.k."
„Es sind Monate, seitdem wir uns nicht mehr gesehen haben. Du meldest dich nicht mehr bei uns, rufst nicht mehr an. Vielleicht haben wir nicht mehr viel Zeit!"
„Ja danke, du hast recht. Ich melde mich wieder." Ich legte den Hörer auf die Gabel und das Zimmer war wieder unverändert. Immer noch im Mantel, legte ich mich zurück auf das Bett und versuchte, Zeit zu gewinnen. Warum hatte sie nach meiner Mutter gefragt?

DAS CHAOS

Im Prinzip hätte die Welt schon untergegangen sein können, denn es war mir gleichgültig, als ich aufwachte und mit den Augen die Decke anstarrte. Was heute nicht passierte, würde auch morgen nicht passieren, auch nicht mehr im Jenseits dieser Zeit. Das Jetzt diente nur zur Überbrückung des Moments, und das zu jedem Zeitpunkt. Meine Beine lagen immer noch schräg über den Rand des Bettes hinaus und mein Mantel war weiterhin zugeknöpft. Mich juckte es nirgends. Ich hatte mich im Schlaf nicht bewegt. Die Stille im Raum war dieselbe wie während der Nacht. Die kalte Luft lag durch den andauernden Nieselregen gesättigt, schwer auf dem Beginn des Tages. Erneut setzte ich mich vor mein Notizbuch, um das Geschehene aufzuzeichnen, um festzustellen, dass mir nichts für die Zukunft einfiel. Allerdings konnte ich mir vorstellen, dass es noch einmal spannend werden würde. (Hierzu höre ich Nachrichten.) Die Welt ging unter, aber wann würde das passieren? Und wo würde ich dann mit meinem Bericht sein? Würde er einfach aufhören, sobald ich vom Ende überrascht werde? Wie könnte so etwas enden? Folgte er dem Nichts? Würde man die Zeit zwischen dem Ende des Berichts, das heißt der Niederschrift des letzten Satzes, und dem tatsächlichen Ende mit Ahnungen füllen können? Abrupt oder schleichend, im Satz unterbrechend oder entsprechend langatmig das Ende herbeiberichtend?

Ich vertraute auf die gerade laufende Diskussion im Radio über ein mögliches Szenario der nächsten Tage. Man setzte sich ordentlich mit den Geschehnissen auseinander. Hierzu war eine Reihe von Experten (zum Thema Weltuntergang?) einberufen worden. Mit gewählter Meinung war man sich zwar in der Materie nicht einig, aber im Allgemeinen wohlerzogen. Manchmal emotional verbrachte man die Stunde in präsentierbarer Manier. Aus dem Wissen über den Zustand ging hervor, dass statistisch gesehen, die Steigerung der Todesrate auf die verbleibende Bevölkerung projizierend, noch ungefähr achtunddreißig Stunden verblieben (vielleicht hatte ich mich verhört). Weniger als zwei Tage also, bis der letzte Erdenmensch stirbt. Eine denkbar kurze Zeit (für große Unternehmungen). Anderen Meinungen zufolge verblieben noch einige Tage mehr, wenn man mit berechtigtem Grunde davon ausging, dass die Wahrscheinlichkeit einer möglichen Lösung, die Welt noch zu retten, ebenso hoch wäre, wie sie bei der Bewältigung der bisherigen, den Menschen herausfordernden Probleme war. (Hier wurden Vergleiche gezogen.) Dieser Logik folgend hätte man den Übergriff auf den Lebensraum Erde grundsätzlich bereits als gelöst annehmen können, würde man in jedem Fall, früher oder später, durch Zufall oder Schicksal, eine Antwort finden. In ereifernder Debatte fand man gemeinsam und bequem einen Nenner und begab sich auf die rhetorische Suche nach dem Ursprung dieser möglichen Verschwörung. Bis dahin war zu Sekt und Imbiss geladen.

Die Radiodiskussion engte mich ein. Der einfachste Sachverhalt wurde in unvorstellbare Komplexe dimensioniert, um dann eine einfache Lösung außerhalb der

Kompetenzen der Beteiligten zu finden. Ich stellte das Radio aus und trat vor das Fenster. Draußen saßen einige vereinzelte Krähen auf der brachliegenden Wiese vor dem Haus und pickten lose in der Erde. Im schimmernden Licht der letzten noch brennenden Straßenlaternen erkannte ich, dass die Krähen grau waren. Wo vormals das schwarze Federkleid einen letzten Anspruch an Glanz hatte, färbte sich der graue Hintergrund des Tages auf die wenigen unbedarften Lebewesen ab. Unbekümmert und einfach lag das letzte sichtbare Stück der Wiese vor meinem Fenster da. Wie sie auf der ganzen Welt unbekümmert liegt, in sattem Grün, mit langen oder kurzen Gräsern, dem Wind und Regen ausgeliefert, schutzlos und doch unantastbar. Ohne Anbruch des Tages erhellte sich die Wiese zu einem Erlebnis, als mein Leben eine Dimension hatte. Die Sehnsucht nach diesem Gefühl ließ meinem Gedächtnis keine Wahl.
Aus der glatten Ebene tauchten mit einem Mal Konturen auf. Es hoben sich Bäume und Berge, Büsche und Hügel langsam, aber deutlich erkenntlich vom gleichfarbigen Ton der Wiese ab. Der Ausblick über die weiten grünen Hügel bis hin zu den Bergen war jetzt atemberaubend gleich, wie jeden Tag. Die mit jedem Morgen von Neuem beginnende Endlosigkeit entzog mir die Ruhe und die Stille meiner Seele sowie die Luft zum Leben, die ich hier nicht brauchte. Seit Wochen war ich in diesem kleinen Dorf in einer Unterkunft mit drei Zimmern im ersten Stock gewesen. Ich war hier, um auf etwas zu warten. In der Zukunft würde dieses Etwas kommen. Und nachdem ich mir dieser Zukunft sicher war, lohnte es sich, in der Gegenwart zu warten. Aber im Gegensatz zur Zukunft war das Ausharren an jedem Tag gleich. Die immer wiederkehrenden Farben und Muster der Tage zwängten

meiner Wahrnehmung den Eindruck auf, die Dimensionen zu verlieren.

Entschlossen, dem Warten auf morgen diesmal den heutigen Tag vorzuziehen, zog ich mich an und ging die schmale Holztreppe des Hotels nach unten vor die Tür. Zu meiner Linken folgte eine schmale Straße weiter in den kleinen Ort hinein, rechts von mir zeigte sich nach einer Biegung dieselbe Straße, wie sie erst viel weiter in irgendeinem anderen Ort Anschluss finden würde. Direkt vor mir zog sich das Grün der weiten Wiesen erst über die Fläche, dann hinaus über die Hügel, so wie ich es von meinem Fenster aus sehen konnte, nur der darauf liegende Tau vermittelte sich von hier unten aus frischer. Obwohl dieser Morgen für mich ein neuer Tag war, ordnete sich das wenige Leben im Dorf und auf den Feldern still und unbeeindruckt wie die Tage zuvor in die Stimmen der erwachenden Natur ein. So als wäre die gegenseitige Erwartung an den neuen Tag für Jahre oder Jahrzehnte im Voraus fest abgemacht worden.

Das Dorf und seine Gleichförmigkeit zur Linken lehnte ich ab und schritt geradeaus über die Wiesen. Gleichmäßig wählte ich den Weg schräg über die Fläche, mit großen und einheitlichen Schritten, wie ich mich noch selber vom Balkon aus beobachtet hatte. Einem leichten Anstieg folgte der Wechsel des Grases hin zu kurzen, festen und getrockneten Halmen. Nicht grün, aber ebenso abwechslungslos suchte dieses Feld am linken Ende Anschluss an die letzten Häuser des Dorfes und erst weiter rechts grenzte es entfernt an einige Bäume. Das Geräusch meiner Schritte veränderte sich stetig in gleichen Lauten mit dem Auftreten zwischen den Halmen. Mitten im Feld, etwa noch fünfzig Meter von mir entfernt, legte ein Bauer Ballen von getrocknetem Stroh

aufeinander. Unter dem runden Strohhut, welcher vor der mit Sicherheit im Verlauf des Tages kommenden Sonne im Vorfeld Schutz bot, zogen sich einige Furchen durch das unbeeindruckte Gesicht bis hinunter zum Mundwinkel, worin in einem Ende der Rest eines nicht mehr glühenden Tabakstummels hing. Ohne weiter nachzudenken, ging ich direkt auf den Bauern zu und nahm entschlossen einen Strohballen in die Hand. Mit festem Griff hievte ich das beträchtliche Gewicht mithilfe meines Oberschenkels auf die Schulter und warf ihn wenige Meter weiter auf den Haufen der bereits geschichteten anderen Ballen. In diesem ersten Wurf schon lag die Überzeugung und Bestimmung, mein ganzes bisheriges Leben nichts anderes gemacht zu haben. Der Bauer hatte keine Hilfe nötig. Mein Tun bemerkend schenkte er diesem nur einen kurzen Blick, lächelte kaum merklich an seiner Zigarette vorbei und widmete sich wieder seiner eigenen Arbeit. Ich nahm einen zweiten Ballen, hob ihn wieder mithilfe meines Oberschenkels nach oben und trug ihn langsam zum Stapel. Ein dritter Ballen folgte und ein vierter. Obgleich wenige Ballen auf dem Feld lagen, zog sich meine Arbeit über die Zeit der aufsteigenden Sonne hin. In den ganzen nächsten Stunden sah dabei der Bauer keine zwei Mal zu mir herüber. Als ob ich jeden Morgen hier zur Arbeit erscheinen würde und wüsste, es wäre heute das Gleiche zu tun wie gestern und vorgestern und die Tage zuvor.
Ich gewöhnte mich an die Vorstellung, seit Tagen die Ballen aufeinanderzustapeln, das Feld zu schneiden, die Halme zusammenzutragen und die gebundenen Ballen so aufeinanderzulegen, dass sie sich gegenseitig stützten. Der Gedanke daran erfüllte mich ebenso mit Glück wie die schlichte Tätigkeit an sich, die das zu Sättigende in

meinem Ich auf ein wohles Maß reduzierte. Mit großer Genugtuung hielt ich ab und an kurz inne und betrachtete zufrieden den gestapelten Haufen.

Die Form der einzelnen Ballen gab mir schnell zu verstehen, wie man sie leichter schichtete, wie sie sich besser ineinanderfügten. Je mehr ich die Vorgänge geschehen ließ, desto besser ging es. Mittlerweile hatte die Sonne einen hohen Punkt am Himmel erreicht und die Strohballen fühlten sich sichtlich wärmer an. Mit jedem Griff durfte ich das Stechen und Kratzen des Strohs an anderer Stelle meiner Hand fühlen. Ich stellte mir vor, wie es heute an den sechsten Tag der Woche kam und ich bereits fünf lange Tage dieser Woche die Ballen gestapelt hatte. Der sechste Tag kam vor dem siebten. Am heutigen Abend würde es ein Fest geben, wie jede Woche. Alle Bewohner des Dorfes kamen zusammen, die Frauen kochten ein Essen und jeder brachte frische Getränke von zu Hause mit. Eine lange Tafel wurde bereitet mit Speisen der Woche. Der lange Holztisch stand mitten im Feld und bot in seiner Mitte herzhaftes Brot, Schinken und Käse. Dazwischen wurden Flaschen und Becher hin und her gereicht mit Most und Wein, Wasser und Saft. Heute wurde sich betrunken, gesungen und getanzt. Man prostete sich zu, griff wild über den Tisch, aß und lachte. Die Mädchen wechselten von Schoß zu Schoß, die Männer schrien sich an, fuhren in Rage auf, um sich gleich danach brüderlich in die Arme zu fallen. Voll und zufrieden, sich glücklich wissend und das Glück habend, die Tage der vergangenen Woche feiern zu können, tanzte man bis kurz in den Abend hinein, um auch am nächsten Tag die jungfräuliche Frische der unverrichteten Tätigkeiten altbekannt entgegenzunehmen.

Der Hunger war jetzt tatsächlich über mich gekommen, während ich von dem Fest des Abends träumte, und ich wusste zunächst nicht, ob mir dies in meiner jetzigen Tätigkeit etwas Gutes bedeutete. Als einen letzten Ballen legte ich die eben noch gewährte Sicherheit meines Selbst auf den Stapel, als mir sodann die schwüle Hitze, wie sie auf einmal vorhanden war, in meinen Kopf stieg und mich, als eine große Unsicherheit im Bewusstsein, flimmernd bedrängte. Gerade noch war ich an der Tafel des Festes gesessen und hatte geschrien und getanzt. Jetzt leckte ich mit der Zunge über die verkrusteten Lippen und suchte einen Weg aus dem bedrückenden Schmerz, der sich in meinem Kopf breitmachte. In furchtbarer Qual sah ich, wie meine beiden Hände blutig zerkratzt waren und mit jedem Herzschlag pochend einen juckenden und stechenden Schmerz abgaben. Von der Sonne entzündet und dem Stroh zu Röte gereizt füllten sich meine Augen mit Tränen über meinen Zustand. Ich hatte doch dazugehört, die ganzen Tage meines Lebens mitgeholfen! Lasst mich bei euch sitzen, mit euch weiter tanzen und feiern. So wie damals, so wie die Tage und Wochen davor, was war anders, was fuhr in den Tag? Woher kommen der Schmerz in meiner Seele, das Blut und die Tränen in meinen Augen? Warum muss ich um mich schluchzen, wenn alles so schön war! Ich schritt zu dem Bauern hinüber und schubste ihn so heftig, dass dieser das Gleichgewicht verlor und hilflos auf den Boden fiel. Es gab die Möglichkeit, dass er sich dafür rächte. Es gab keine Möglichkeit, dass ich dafür büßte. Ich wollte, dass er mir dafür den Weg nach Tartarus zeigte.

Früher als sonst legte ich mich damals zu Bett und sah der untergehenden Sonne zu, wie sie die grünen Felder im hellen Blut des Verrats und der Sünde übergoss. Das Verstehen war mir ebenso wie jetzt vor dem Fenster verloren gegangen und zog den Verstand hinter sich her. Haltlos schien ich zwischen meine Welten zu fallen, Moral und Wert blitzten dabei in unterschiedlichen Farben und Formen im dunklen Nichts des Falles auf. Personen meines Lebens traten auf und sprachen zu mir, Szenen meiner Kindheit zeigten sich mir, wie es bekannt war, wenn man stirbt. Die grünen Wiesen voll der Blüte und des Friedens rollten sich nun undurchdringlich über die Ebenen meiner Vorstellung. Eine unmenschlich starke Kraft manifestierte sich in meiner Seele und drückte all das Haltlose von sich. Diese Kraft verlangte zu fühlen, forderte mich auf zu handeln, verbündete sich mit dem Weg der Dinge und der Kraft der Zeit. Alle Erwartung verkörperte sich in einem riesengroßen Titanen, der seinen Schatten weit über meine helle und glatte Seele warf. Die lichtscheuen Enttäuschungen krochen wie Ratten aus allen Ecken und zerkratzten die feine Oberfläche meiner Seele mit tiefen und hässlichen Bissen. Benommen und ohne es mitzubekommen, schritt ich rasch zurück in das von Mauern geschützte Zimmer.

Und dann verlierst Du die Kontrolle. Es gerät Dir aus der Hand, Dinge passieren ohne Dich, aber wegen Dir. Es verbrennt. In lichterlohen Flammen steht alles Dir Gegebene, Deine Verantwortung in heißer Vernichtung durch den tanzenden Teufel zerstört. Glut versengt alles Fleisch. Rauch, Funken und Liebe fliehen vor der schmelzenden Energie. Im Takt des kosmischen Chaos diffundiert der letzte staubige Rest des verbrannten Daseins ins lächerliche Nichts. Und jemand lacht.

Vielleicht noch benommen von der Feststellung, in all dem Weltuntergang nicht an andere gedacht zu haben, erhielt ich in der Gegenwart des Zimmers einen weiteren Anruf (man wollte wissen, was der andere denkt, wie er sich dabei fühlt). Nicht mehr gleichgültig nahm ich sofort den Hörer ab. Es meldete sich eine weitere Bekannte und vermeldete mir mit aufgeregter Stimme das Entsenden ihres Ehemannes in die Konfliktgebiete. Sichtlich aufgelöst, die Leere der Vorstellung durch Verständnislosigkeit füllend berichtete sie in sich überschlagender Kürze davon und schmückte ihre verzweifelten Sätze immer wieder mit Beschreibungen von ihm. Ich hatte immer noch meinen Mantel an, meine linke Hand hing zum Boden. Es wurde ein wundervoller Mensch beschrieben. Ich selber hatte ihn aber nie kennengelernt, obwohl die Beziehung von ihm zu meiner Bekannten bereits über mehrere Jahre hin passierte und anscheinend tiefgründig und spannend war. Philanthrop, aber kritisch, mahnend, aber die Menschen in ihren Schwächen verstehend, so könnte man ihn von außen betrachtet recht gut umschreiben, verstand ich am Telefon. Jemand, der viel gegeben hatte und damit sicher sein konnte, einen entsprechenden Vers in der Todesanzeige zu bekommen (dachte ich). Doch das sagte ich meiner Bekannten nicht. In all der tristen Schilderung räumte sie der Tatsache eine große Bedeutung ein, dass wir nie Gelegenheit gehabt hatten, uns kennenzulernen. Ich überlegte den Unterschied, den das gemacht hätte, und beendete das Gespräch.

FLUCHT

Die Schlüssel von der Kommode nehmend spürte ich einen Drang, wieder nach draußen zu gehen, um dem Innenraum zu entfliehen. Ein frischer Tag lag vor mir, ein ganzer Tag, vielleicht der letzte. Die erneute Vergegenwärtigung der zeitlich nun gültigen Relationen forderte von mir, unbewusst zu handeln. Wer würde aus dem Fenster sehen, wenn morgen alles vorbei ist? Wer würde sitzen, als letzte aller Tätigkeiten, wer würde ins Leere starren und von dort das Vollkommene sehen? Also beschloss ich, intensiver zu leben (intensiver als was?).
In letzter Zeit kam jeder Tag sehr oft. Den Gedanken des Vortages folgend suchte ich die Adresse der örtlichen Widerstandsgruppe auf – um etwas zu tun. Auf der Straße bemerkte ich im Gegensatz zu gestern, dass die meisten Läden heute geschlossen waren. Obwohl es ein normaler Werktag gewesen wäre, ergab sich für die meisten die Vorstellung, am vielleicht letzten Tag nicht der gängigen Tätigkeit nachzugehen, sondern etwas Besonderes zu unternehmen, sozusagen zu erleben. (Es war absurd geworden, wie zu erwarten.)
In schnellem Schritt, nun endlich entschlossen, ließ ich die Häuserblocks hinter mir und fand unter der Adresse ein unauffälliges Wohnhaus mit einer großen, gelbgrünen Holztür. Ich drückte die Klingel und nach einigem Warten wurde mir ohne Gegenfrage durch ein Summen geöffnet. In den Gängen des Hauses überzog

mich eine kalte Stille. Die metallenen Postkästen im Eingang quollen nahezu über, sodass sich Briefe und andere Einwürfe bereits über den Boden verteilt hatten. (Wen würde Post interessieren, die im Glauben einer weiterbestehenden Welt geschrieben worden war?) Nichts aussagende Schriftstücke. Der Gang zur Tür des Innenhofes wurde niedriger, weswegen ich mich leicht bücken musste. Er verlief in Richtung einer kleineren Tür, deren Fenster das einzige, wenige Licht spendete. Hinter der Tür lag ein Innenhof, welcher von drei Seiten eines alten Fabrikgebäudes sowie einer über fünf Stockwerke hohen Backsteinmauer umgeben war. In einer der vier Ecken wand sich außen ein Treppenhaus nach oben. Kurz blieb ich stehen, um das Schwarz der Backsteinmauer zu betrachten, welches die Zeit hinterlassen hatte. Außerdem blickte ich in die Richtung der einzigen Öffnung, nach oben, denn ich hatte keine andere Wahl, wenn ich Licht sehen wollte. Der Asphalt des versiegelten Bodens mündete direkt in die Backsteine der Hausmauern und doch wuchs aus einem Spalt heraus ein kleiner Baum in die kalte Dunkelheit des Hofes. Nach einiger Zeit der Betrachtung jedoch blieb der Innenhof gleich. Ich betrat das außen anliegende Treppenhaus und nahm die großen Stufen nach oben, wo im dritten Stock, vermutlich aufgrund meines Klingelns, eine Türe angelehnt einen Spalt weit offen stand. Dahinter verlief ein langer und breiter Gang, woran sich ein großer Raum anschloss, in dem etwa zwanzig Personen verteilt auf alten Sofas und Decken quer lagen, teilweise müde ineinander verschlungen. Als Erstes störte die Luft, welche von Rauch und Staub erfüllt war. Eine leise Musik im Hintergrund spielte mit derselben Gleichgültigkeit, mit der sich auch dann nach und nach einige Blicke auf mich richteten, um sich aber alsbald wieder der Langsamkeit des eigentlichen Augenblicks zu widmen. Widerstandsgruppe. Lethargie und Gleichgültigkeit zunächst und nicht erkenntlich angeregte Diskussionen oder Auseinandersetzungen. Ich konnte hier keinen Widerstand spüren, so sehr ich mich darum bemühte. Mit der rechten Hand erhoben zur Geste, schritt ich dennoch einige Meter in den Raum in Erwartung einer Reaktion. Vor mir lagen in sehr gelassener Pose zwei Pärchen nebeneinander und ich spekulierte auf die Sorge der beiden Frauen für mein Bedürfnis nach Kontakt. Doch die leeren Hüllen ihrer Blicke lösten sich ebenso im Nichts auf wie der Rauch ihrer Zigaretten im Raum. Auf dem Boden stieß ich klirrend gegen einige Flaschen, was mich für den Moment noch einsamer machte. In dieser Ironie der Situation war ich weiter von meinen Antworten entfernt als vorher. Auch einige Personen weiter in meinem wandernden Blickfeld wiederholte sich langsam drehend die Gleichgültigkeit. Noch eine andere Welt, andere Sichtweisen, warum? An den bunten Wänden ein viel zu großer Rahmen um folgende Inschrift:

„Die Freude kommt von rechts aus der Türe;
Die Lebenskraft sprengt die Wände;
Der Boden ist zum Intellekt gezwungen worden."

Ich hatte die Eindrücke in diesem Raum noch nicht alle bewertet oder auch nur aufgenommen, da zog mich eine Ungemütlichkeit wieder heraus. Aber es musste noch mehr drin sein in diesem Raum, dachte ich mir. Unter normalen Umständen, in diesem Moment vor allen Dingen, im Leben generell. Eine solche Vielzahl von Individuen, entschlossen, ein Leben zu führen, diese in

Form sich ändernd, Ausdruck und Meinung! Was steckt dahinter, was hat man sich gedacht? Das Gefühl der endlosen Sorglosigkeit war bereits beschrieben. Damit ist keine Diskussion in bohemen Kreisen mehr zu füttern. Man steht ideenlos in anspruchsvollen Kreisen in dunklen, verrauchten, kleinen Cafés in engen Gassen der dunklen Nacht in geheimnisvollen Straßen (am Tisch des öffentlichen Schweigens, unterbrochen dann und wann durch emotionsgeladene Aussprüche, Parolen, die den Moment verewigten, aber meistens nur abends in dunklen, verrauchten und kleinen Cafés ihr Gewicht trugen). Und Weiteres ging mir in diesem Raum durch den Kopf. In dieser Form brauchten wir jedenfalls das menschliche Erbe der Welt nicht zu Grabe tragen. Ein Erbe setzt zwei Dinge voraus. Erstens, dass etwas vorhanden war, und zweitens, dass es einen Erben gab. Ohne Erben blieb das Vorhandene vorhanden. Vermutlich war es die blonde Frau mit der hochgesteckten Frisur und der auffallend bunten Kleidung, mit welcher ich gerade einen künstlerischen Abend assoziiert hatte. Entgegen der anderen saß sie etwas abseits und alleine unter dem Fenster, natürlich ebenfalls rauchend, den aparten Blick durch scharfe Fokussierung unterbrechend. Damals abends im Café hätte ich mich durch eine zu starke Geistesgegenwart disqualifiziert und womöglich nichts verstanden (Hallo, wollen Sie mir etwas vermitteln?). Es würde nicht allzu lange dauern, mich auf das Umfeld einzustellen. Eine kurze Abstraktion, eine vorgestellte Distanz zum Jetzt und eine gemeinsame Diskussionsbasis wären vorhanden gewesen. Sicherlich, um auch als Gesprächspartner zu dienen, würde die Synchronisation meiner Stimmung mit einigen kurzen und spitzen Dissonanzen verlaufen, ohne dabei den Grundsatz schlechtreden zu wollen. („In

den anderen Zimmern kann ich den Tod sehen, das Verderben durch Drogen, das Verfixen der Werte, die letzten Tage und die sieben Plagen, den Gerichtsvollzug und den ewigen Zorn des moralischen Gottes. Ihren eigenen Untergang intonierend spielen sie die Posaunen, als die letzten Engel gefesselt und geknebelt mit herabgesenktem Haupte abgeführt werden.")
Also spreche ich sie an. Ich suche den Gegensatz, sagte ich. Ihrer Antwort ging ein Zigarettenzug sowie eine leichte Unsicherheit der Situation voraus. Einen Gegensatz gibt es nur, sofern eine These vorhanden ist, antwortete sie nach einigem Zögern. Obwohl geistreich, stand dieses Ende eines möglichen Gesprächs ohne weiteren Zigarettenzug und überlegenem Lächeln ihrerseits tot unter dem Fenster. Ich hätte wollen, gar nichts von ihr erfahren zu haben. Vor allem lag es nicht in meiner Absicht, so abrupt die Lust an der Unterhaltung verlieren zu können. Also habe ich mich versprochen. Ich suche den Widerstand, sagte ich, noch immer ohne ihr Lächeln. Und ich fügte diesmal hinzu, die These sei keine, weil es tatsächlich passierte. Für diesen zweiten Versuch zeigte sich eine Gefühlsregung auf ihrem blassen Gesicht. Mit der ruhigen Aufforderung, mich neben sie zu setzen, räumte sie ihrem zweiten Satz einen nachsichtigeren Ton ein und fragte, was denn passierte?
Ich setzte mich nicht, denn was passierte schon? Waren die Nachrichten der Welt nicht in diesen Raum vorgedrungen? Unwahrscheinlich war es, allem komplett zu entfliehen. Möglich, dass man vom Ende Kenntnis genommen hatte, protokollarisch, aber entschlossen war, den Sachverhalt ebenso zur Hintertür wieder hinauszuschicken, wie er durch die Medien eingetreten war. Was konnte wohl das Ende zum zeitlosen Zustand beitragen?

Aber wie würde ich ihr dann meine Bedenken mitteilen? Was ist sie, mich ihr offenbarend zu machen? Sie kam mir mit einer Bemerkung zu meinem unruhigen Auftreten zuvor, welche mich nicht mehr interessierte. Lohnt eine Diskussion in Zeiten des Zeitmangels?
Dennoch, ich war bemüht. Bereits einschränkend begann ich erklärend anzumerken, dass zumindest in allen Kanälen der Nachrichten von Phänomenen berichtet wurde, die den Schluss eines nahenden Endes begründeten. Zu allen Zeiten und flächendeckend wurde eine Kraft beschrieben, welche den Tod des in der jetzigen Form biologisch existierenden Menschen zur Folge hatte. Man hatte zwar noch keine Quelle der Aggression ausmachen können, aber die Zahl der tatsächlichen, weil vorhandenen Opfer ging an eine unvorstellbare Milliarde (menschliche Lebewesen. Ich versuchte, ein Ausrufezeichen auszusprechen). Dies aber nur der letzte Stand. Zu vermuten war eine tatsächlich bereits höhere Zahl der Toten, die stete Steigerung der Opfer sowie Dauer und Zuverlässigkeit der Nachrichtenüberbringung annehmend. Es bliebe aller Voraussicht nach nur noch bis zum nächsten Morgen Zeit, das Leben fertigzuleben (wie bekannt).
Während meiner kurzen Zusammenfassung wechselte ihr anfänglich neugieriges und amüsiertes Lächeln in ein spöttisch abfallendes Grinsen und dann hin zu einem überzogenen Lachen, das in seiner Lautstärke sogar die Teilnahmslosigkeit aller anderen unterbrach. Durch deren gewecktes Interesse stellte sie mich als letzte menschlich gewordene Instanz der Idiotie alleine in den Raum. Und dieser Eindruck konnte nur entstehen, weil ich in der Minderheit war, obwohl die Tatsachen auf meiner Seite standen. Sie beschlossen ihr Urteil über

mich zusammen mit der noch kürzeren, ausgesprochenen Zusammenfassung, dieser hier glaube an den Weltuntergang. (Morgen!) Sie machte es noch schlimmer, stand auf und ging in die Küche. Durch diese Abkehr das absurde Ausmaß meiner Vorstellung in lächerlicher Einsamkeit zurücklassend. (Wir haben genug Apokalyptiker, bitte ziehen Sie eine Nummer und stellen Sie sich in die Schlange für weiterführende, griechische Tragödien.)
Ich verblieb, zur Idiotie geworden, zurück, alleine mit der aktiv gewordenen Teilnahmslosigkeit. Ohne zuzusehen, hatte ich mich angesteckt, litt jetzt unter Verachtung, einer menschlichen Krankheit, kleiner als jedes Virus, nur im Kopf vorhanden. Unbegründete Reue spürend ging ich ihr hinterher.
Sie hantierte an einem Getränk in der verkommenen Küche. Mein letzter Versuch (Widerstand durch Ignoranz der Materie?). Nein, dachte ich mir, das ist nicht mein Weltuntergang alleine, auch eurer! Aber Trotz jenen, die Zeit dafür haben.
Es ist in deinem Kopf, sagte sie, so wie du es dir vorstellst! Der Untergang als Titel deiner Flucht, die Dinge, die du siehst, das Futter für deine Angst, alles wahrgenommen in deinem Gehirn, gefiltert und angenommen nach deinen Vorstellungen, geknetet und geformt in deiner Kindheit, liegst du schwach und hilflos vor diesem Schwertransport der Eindrücke, dem Multiplex des Lebens, der neuen Welt und ihrem, mit Anwendungen und Verwendungen und Verschwendungen gespickten Funktionalismus, auf allen Registern spielend, die Weisheiten im Ausverkauf, die Traditionen in multimedialen Museen, Sonderausstellungen als Programm, Fingerabdrucklesegeräte für jeden, jede Lösung das Problem

überholend, den eigenen Koffer voll mit Eigenschaften und Fähigkeiten, den Schlüssel vergessend, jeden Tag versuchend, gegen das Taube anzufühlen, sich auf morgen vertröstend!
Sie hielt inne, in der rechten Hand jetzt ein Glas haltend. Ihre Augenbrauen hebend, blickte sie mich mit ihrer ganzen ihr vorhandenen Wahrheit an. Sie hat etwas Weibliches an sich, dachte ich mir. Sie hat sich in die sexuelle Attraktion echauffiert. Die Situation in der Küche war fertig.
Wenn du träumen willst, schloss sie, gehe zu meiner Schwester. Sie hat ein Atelier im Vorderhaus.
Meine Hand hätte gerne noch zärtlich ihr überhebliches Gesicht erreicht und mein Mund ihre unerreichbaren Lippen geküsst. Ich brauchte diesen Gedanken, um auch eine Person zu sein in diesem Moment.
Als würde sie mich nicht weiter berühren wollen, als wäre ich ein Aussätziger, schob sie sich mit erhobenen und zurückgezogenen Händen seitlich an mir vorbei, nicht mich, sondern die Türe betrachtend.

Und dann fliehst Du. Aus Deinem eigenen Ich heraus platzt Du durch die Mauern der Realität und explodierst in Richtung Unendlichkeit. Als alles, was Du bist, wie Du die Sphären der Wahrnehmung mit Deinen Molekülen ausfüllst und das Gute in Dir am verteilten Nichts des Lebens kondensiert. Allgegenwärtig. Auf einmal wieder, Dein ursprüngliches Ich unbekannt zurücklassend.

Ich ging ins Vorderhaus, um das Atelier aufzusuchen. Dort, in der Nähe des Fensters vor einer Staffelei in leichter Kleidung mit Farbflecken versehen den Kopf in den Nacken gelehnt mit dem Rücken zu mir mit der

einen Hand sich in der Hüfte abstützend ihre weiblichen Rundungen erkennen lassend ihr Bild betrachtend dem ganzen Bild einen Mittelpunkt gebend den kleinen Raum an den Enden ohne Bedeutung ausfransen lassend das Licht leuchtend der Himmel draußen blauer und dann Zuversicht gebend für all jene ersten, sich als enttäuschenden und zu viel versprechenden Momente entpuppenden Eindrücke, die jemals und immer der Anblick eines Menschen für die Zukunft gemacht hat, stand sie da, die andere Schwester!
Bereits entrückt durchfuhr mich sofort eine illusorische Vorstellung. Die verbleibende Zeit ließ keine Wahl. Ferne Reisen werde ich machen mit ihr, weil alles stimmte, zusammen nehmen wir in der besten Routine das Frühstück, auch ihre Familie kennt mich, weil sie mich schätzt, lange Zeiten der Stille sitzen wir gegenüber in ewigem Verständnis, weil Worte nicht gesagt werden müssen, und wenn, stellen wir in kurzer Absprache Monumente unserer eigenen Beschaffenheit füreinander auf. Ich will es. Der größte Sturm bringt unser Schiff nicht zum Kentern, du als Steuermann, ich als Kiel und so weiter. Vielleicht haben wir das nicht richtig hinbekommen, zu fühlen. Das Einzige, was wir vermeintlich können. An dieser Aufgabe gescheitert, geschieht uns der Untergang. Mit dir werde ich es aber versuchen und tief fühlen! Muss ich mir vor dem Ende zuschulden kommen lassen, dass wir aufgrund von fehlenden Gefühlen entsorgt werden?

Eine neue Beziehung, eine zweite Frau, eine Heilung der Narbe mit dem gleichen Schnitt? Was habe ich erlebt und was hat es mir beim ersten Mal gebracht. Eine Szene am Strand zum Beispiel. Die Vorstellung von Zukunft nicht ohne eigene Vergangenheit, jetzt nur noch als Traum möglich.

Die Wärme des zu Ende gehenden Tages, wie sie sich mit der Sonne am Horizont absetzt, der weiche Sand unter unseren Füßen, das leise Rauschen des unendlichen Meeres. Wie oft gelesen, vielmals selber gesehen, aber jetzt erst besonders wahrgenommen, liegt das etwas entfernte, in orangenen Farben beleuchtete Restaurant am Ende des Strandes. Mit seiner Musik und den anonymen Stimmen, wie sie zu uns herüberklingen, ein Anker des Zeitpunkts, die Rückversicherung auf die Welt dort draußen, die Verpackung unserer unendlichen Zweisamkeit. Verspielt gehst du fünf Meter vor mir, tänzelst um die Ausläufer der ankommenden Wellen herum, bückst dich hier und da, um eine Muschel aufzuheben, die sicheren Pirouetten um die kleinen Sandhaufen drehend, das weite Leinenhemd (meines) zusammen mit deinen braunen, langen Haaren, einen in Zeitlupe zur starren Bewegung erscheinenden, in weiter Harmonie endenden Tanz beschreibend, die schlanken und nackten Beine unter dem Hemd dabei hervorkommend, wie aus schönstem Marmor gehauene Kunstwerke anatomischer Perfektion, wie sie matt in den warmen Farben des Sandes und der Steine schimmern. Es war das Schönste. Hinter dir hergehend, deinem Schauspiel zusehend, wissend, dass es alles meins sein könnte, lasse ich den Moment ohne Gedanken in reiner Kontemplation gleiten. Wie ein Floß in samtener Bewegung auf offenem Meere, losgelöst von der Sorge der Welt stapfe ich in kleinen, langsamen Schritten hinter dir, Muse, her. Einen Tempel würde ich dir bauen, Königreiche für dich erobern! Lass mich dich kennenlernen, gib mir dich in die Hand, ohne umzufallen! Jeden Zeitpunkt bist du anders, jeden Moment besonders. Mit dir hatte ich es fast glauben können, dass wir für die Ewigkeit sind, dass wir alles erkämpfen würden. Alleine gegen das Leben, alleine zu zweit für das Leben. Dein Gesicht macht den Glauben an eine gefühllose Welt unmöglich. Dein Lachen gibt mir Zustimmung in meinem Tun und meinem Handeln, wie es auch sein wollte. Dein Blick war mir das letzte Netz vor dem Fall. Könntest du nur sprechen. Könntest du nur überwinden diesen einen Graben, der zwischen uns lag. Diese eine Furche, die ich in blinder Selbstliebe schlug. Wer schützt mich, wer fängt mich, wenn ich den Halt verliere, wenn der Druck von außen so stark wird, dass mein Leben in sich zusammenfällt?

In Hilfe durchfährt es mich wie am ersten Tag, die göttlichen Blitze des Glücks treffen mich, die himmlischen Boten reiten randvoll beladen mit nicht enden wollenden Gefühlen in glorreichem Galopp an mir vorbei. Die sanfte Decke des Verständnisses, der Augenaufschlag der Sehenden, plötzlich die Brücke zu erkennen und die Welt zu verstehen, die Kristallisation der Fixpunkte. Der Himmelsgesang aller Einsichten, die wie Blumen die göttlichen Pferde zieren. Seiner Besonnenheit nüchterner Trab, sein Kuss ... das schöne Durchziehen der Meere und der Erkenntnisse voll kognitiver Fragen, das Zusammenfließen aller Flüsse hierin, die Konglomeration unserer Flüssigkeiten, den Systemen die Verwirrung entziehend. Das Aufeinanderzugehen, die alte Herzlichkeit als etwas Besonderes, den febrilen Rahmen einer neuen Gesellschaft gebend. Das mächtige Vakuum der kosmischen Einheit wahrnehmend, wie es den Schmutz der Blindheit aus unseren Gesichtern zieht. Die Nachsicht aller, die auf der einzigen Ebene als flaches Fundament sich in einer neuen Ordnung wiederfinden. Die erschaffene Glorie, in vielen kommenden Lebensjahren tatenreich zu wirken!

Doch dann stand ich immer noch in diesem Atelier, im Vorderhaus. Mein Körper war schon angekommen. Beinahe ein Schlag traf mich vor der Ankunft der Wahrnehmung, als ich ihre Zeichnung sah. Einfach sah sie aus, aber sie strahlte in ihrer Schlichtheit das Erreichbare aus. So fühlte ich Erleichterung, vom Hinsehen. Vor mir lag nun auf einmal statt des kleinen Ateliers der weite Raum, ohne Schranken und Barrieren, ohne Farbe und Geruch. Kein Stillstand und keine Richtung waren mir mehr vorgegeben.
Ich streckte die Hände aus in die große und neue Leere. Kein Geräusch ertönte mehr, kein Laut gelangte zu meinem Ohr, die Stille wurde mir zur Taubheit. Meine eigene Stimme entfremdete sich mir mit einem Mal, ich hörte sie nur noch von innen, nach außen hatte sie keinen Effekt mehr. Verschiedene Laute versuchte ich auszustoßen, rief durch das Zimmer, schrie Parolen in die Luft, ganz so, als wären es die Ereignisse und Erfahrungen des letzten Momentes meines eigenen Lebens. Nun aber trug ich dies alles in mir, als Gelebtes und Erlebtes. Die fremde Zeichnung feilte scheinbar unmerklich an meinem Profil, Nuancen wurden darin feiner und das Gespür für das richtige Gefühl sensibler. Als werdende Skulptur würde ich eins mit der Umwelt werden, wüsste besser, wo ich mir die fehlenden Bausteine meines Lebens holen müsste, um die letzten Unebenheiten auszubessern, meinen Linien eine bessere Form zu geben, die Komposition meines Ichs in ausgewogene Balance, in besser proportionierte Verhältnisse zu bringen.

In meiner Vollkommenheit fliege ich nun durch das Weite. Meine Hände tasten nichts mehr. Als einzige Umrisse zeichnen sich wolkenähnliche Linien am Ende des unendlichen Raumes ab. Meine Augen werden klarer, je länger ich schwebe, die langsamen Bewegungen des Nichts werden schärfer. Die Linien der Wände ziehen sich zu Objekten zusammen. Mein Bewusstsein fokussiert sich auf das Jetzt. Immer weiter kann ich die Arme öffnen, tiefer in den Raum hineingreifen. Meine Hände sind lang und erfahren, der Raum ist vollkommen. Der Druck nimmt ab und der feste Zustand der Balance wird flüssig. Grenzen tauchen auf aus den entfernten Winkeln des Nichts. Lautlos formen sie sich zu einer Gestalt und ordnen das Jenseits neu. Sie teilen es in Räume, ziehen diese zu und erhöhen den Druck, steigern ihn zu einem Überdruck des Wahnsinns, der das Gleichgewicht zerstört. Mein Raum beginnt sich zu drehen. Meine Stimme wird langsamer und dunkler, sie verzerrt sich fratzenhaft in schrillen, schmerzhaften Tönen. Meine Hände schwellen an, sie verschwimmen, je näher ich den Räumen komme, je weiter ich darin eindringe. Nicht mehr ich bin Herr über meine Bewegungen; meine Arme fangen an, ohne Melodie zu schwingen. In bedrohlicher Höhe vibrieren die dünnen, grauen Mauern immer schneller über meinem Ich. Die Bewegungen und der Lärm werden eins. Sie vermischen sich zu einer einzigen Dimension, die erbarmungslos Anschluss findet in all meinen Sinnen. In rücksichtsloser Ekstase schaukeln sich Töne, Laute und Geschrei in den wildesten Farben durch die aufgehobene Schwerkraft. Es gibt einen mächtigen, alles zerstörenden, lautlosen Knall.
Die Räume fallen auf mich herab und hinterlassen ein helles Licht mit göttlicher Musik, ich sehne die Erlösung,

irgendeine, herbei. Die Luft wird dünner, meine Kehle zieht sich zu, aus dem Inneren meines Kopfes drückt es gegen meine Augen. Von hinten schwärzt sich meine Sicht, von den Seiten graut das Ungleichgewicht meine Schläfen ein, bis ich immer weniger von meinem Raum erblicke. Die Last wird stärker, schließlich zu stark, sie macht einen nicht wahrnehmbaren Lärm. Grausam tanzen die Wände um meine fremden Arme. Wie ein unendliches Gewicht liegt die Dissonanz dieser Unordnung auf mir und erzwingt immer wieder, dass ich mich wegdrehe. Schneller und immer schneller winde ich mich mit jedem Mal um mich herum, dem Starken ausweichend, bis ich mich selber erblicken kann, bis ich mein eigenes Ich vor Augen habe. Für einen kurzen Bruchteil einer Sekunde reichen meine Arme zu mir heraus, kurz, prägnant und unverkennbar sieht mich mein eigenes Antlitz an. Mein Gesicht ist deformiert von den dunklen Vibrationen der Geschehnisse. Ich lache, deutlich sehe ich mich lachen. Ich kann es nicht hören und nicht spüren, keine Hormone gehen durch meinen Körper. Ich fühle sie nicht, meine Glückseligkeit. Hell strahlt das Antlitz, gesund die Zähne, blutrot die vollen Backen. Vorbei an den grauen Rändern sehe ich durch den kleinen verbleibenden Spalt genau dorthin, wo das Lachen herkommt. Hierin ist alles gut.

Sie ist nicht mehr da.
Die Wucht des Druckes lässt mit einem Mal nach, meine Arme kehren zu mir zurück. Unwissend darüber, was geschehen ist, verbleibt es in mir als Erfahrung. Das Gleichgewicht ist hier und der Raum erhellt sich. Ich nehme die Schultern zurück und strecke die Brust hervor. Fest stehe ich auf einem Fundament, als ich die

anderen Räume in einen Sog entlasse. In tiefem Zug begrüße ich die neue Luft in meiner Lunge.
Kurz haben wir uns geliebt, flüchtig wie die Libelle war dein Flug. Vielleicht war ich nicht mehr bei der Schwester im Apartment gewesen?
„Geht es Ihnen gut?", spürte ich eine sorgende Hand auf meiner Schulter. Ich saß auf einem alten Ledersessel, den Kopf zurückgebeugt, in dem Atelier, diesmal gegenüber der Eingangstür. Die Stimme gehörte der Schwester, die auf einem der beiden ausladenden Sessel zu meiner Linken Platz genommen hatte.
„Ich habe auch einen Namen!", fügte sie hinzu, lächelte und neigte den Kopf leicht zur Seite. Die Frage danach, was geschehen sei, brauchte ich nicht zu formulieren, ebenso wie sie mir nicht davon erzählte, dass ich in ein Delirium getreten war. Einen Namen hatte sie, das berichtete sie mir schon, weil ich vom Antlitz eines schönen Mädchens fieberte, das Lächeln, weil sie gemeint sein wollte. Mir ging es besser, in der Form, so wie ich einen klaren Zustand beschrieb.
„Ich mache Ihnen einen Kaffee!", sagte sie, ein mir nur noch zugewandter Rücken. Auch sie verschwand somit in der Küche und ich benötigte einen Augenblick, um mich in das Jetzt zu versetzen. Als Erstes fiel mir in ihrem Auftreten auf, dass sie Zeit hatte. In Wirklichkeit war sie viel kleiner als in meiner Vorstellung. Nach einer Weile und in langen Bewegungen kam sie mit zwei Tassen Kaffee zurück. Ich fühlte mich einigermaßen wohl in dem Sessel. Ihr Atelier lag im obersten Stockwerk des Innenhofes. Durch die großen Fenster sah man die Wolken, wie sie hinter dem Dach des anderen Quergebäudes zwischen Schornsteinen gerade am Verschwinden waren.

„Hier, bitte!" Ich nahm meine Tasse entgegen. Der Moment blieb still. Die Gedanken und Vorstellungen, welche im wilden Wuchs entstanden waren, legten sich langsam aufeinander. Der Kaffee, der Raum, sie vermittelten eine schützende Geborgenheit. Es war wie der richtig temperierte Raum, wie eine Gesundheit oder ein gemeinsames Erreichen. Ich musste nicht mehr, so wusste ich, delirieren, um diesen Zustand herbeizuführen.

Und so kam eines zum anderen. Wir saßen in ihrem Atelier, karg eingerichtet, den Gedanken genug Platz lassend, tranken Kaffee, welchen wir in der Hand hielten, ich immer noch in dem Sessel und sie später mit den Beinen verschränkt auf einem niedrigen Tisch an die Wand gelehnt. Die Zeit verging, während wir sprachen, manchmal verflog sie, wenn in der Erregung die eine Meinung auf die andere passte, dann stand sie wieder still, weil es der Moment so wollte, die sich ergebende Stille aber sehr erträglich, angenehm schon beinahe war. Aber so wie der Kaffee in der Hand kälter wurde, so verrann der Tag.

Kein einziges Mal, so schien es mir, trat das Geschehene des Vortages in den Sinn, skurril, wie es gewesen war.

„Wieso würde Ihre Schwester mich zu Ihnen schicken?", fragte ich schließlich, das Bequeme des Momentes strapazierend. Aber sie antwortete mir nicht auf diese Frage, sondern ließ eine kurze Dauer Zeit vergehen.

„Es war mein Bild, das Sie in Bewegung setzte?", war dann ihre Gegenfrage. „Ich habe den heutigen Vormittag damit verbracht, in dieses Bild einzubringen, was ich in den letzten Tagen empfunden hatte!"

Nun, da das Gespräch auf das Bild gekommen war, blickten wir beide darauf. Es war quadratisch und in der

Mitte mit einem immer dunkler werdenden schwarzen Loch, welches nach außen hin in den verschiedensten Blautönen immer heller gegen den Rand ausfranste, ohne dass man einen Übergang erkennen konnte und erst die Kanten der Leinwand notwendigerweise die Zeichnung begrenzten. Nicht genau in der Mitte, leicht rechts unten versetzt in dem tiefen Loch konnte man eine dünne, aber helle Gestalt erkennen, wie diese, unbeeindruckt des von den Farben ausgehenden Soges, sich aufrecht abhob. Obwohl sie auf dem Bild nur wenige Zentimeter groß war, stach sie unwiderruflich und auf einige Meter Abstand hin klar erkennbar hervor. Und sofort war mir gegenwärtig, was mein Bewusstsein herausgelöst hatte, als ich den Raum betrat. Die kleine Figur in dem Bild war mir entgegengesprungen, hatte sich aus dem schwarzen Sog befreit und eine plastische Form angenommen, die mit jedem Blick größer wurde. Sie wuchs, bis sie schließlich so nah auf mich zugekommen war, dass die unbeweglichen Züge des Gesichtes, mir Rechenschaft abfordernd, erkennbar wurden und ich vom Eindruck des Bildes und der unangenehmen Nähe der kleinen Figur mit einem mächtigen Schlag aus der Wahrnehmung geworfen wurde.

„Für diese Zeichnung habe ich mir heute Zeit genommen, weil ich morgen keine Zeit mehr haben werde."

„Ich weiß", antwortete ich.

„Nein! Ich werde die Zeit nicht haben, weil es keine Zeit mehr gibt hier auf Erden, aber weil ich mich freiwillig gemeldet habe, morgen in das Krisengebiet zu fahren!" Sie blickt mich an und erklärt für sich weiter: „Heute noch steht der Moment still, aber morgen in der Früh fahre ich mit einer internationalen Organisation in den Osten, um dort zu helfen. Es mag keinen Sinn ergeben,

Ihnen vielleicht nicht, und vielleicht auch mir nicht, aber das ist besser, als zu warten. Keiner kennt die Ursachen von den Dingen, die passieren. Aber viele leiden unter den Auswirkungen, ganze Infrastrukturen sind zusammengebrochen, es gibt kein sauberes Wasser mehr und nicht genügend Nahrungsmittel. Es fehlt an Medikamenten und medizinischen Personal. Es darf nicht sein, dass man sich dem hingibt, so gefährlich die Aggression auch sein mag, so wenig man über ihre Herkunft weiß, so blind und hilflos man gegenüber den Angriffen auch sein mag! Mögen andere darüber berichten, es ignorieren oder beschreiben, dadurch wird sich nichts ändern. Aber wenn man einem Menschen helfen kann und sich nicht dem, was immer kommen mag, tatenlos ergibt, so hat das einen Sinn." Sie sprach immer schneller und erregter, obgleich eines fehlenden Widerspruchs. „Es ist etwas komplett anderes, zu wissen, dass man dagegen handelt, zu fühlen, dass man eine Berufung haben kann!" Für die letzten Sätze hatte sie sogar ihre Hände gestikulierend erhoben, hielt dies selber merkend nun inne und suchte einen bestätigenden, zumindest verstehenden Blick.

Mein Blick aber senkte sich auf die Kaffeetasse in meiner Hand herab. Im Kopf, unbewusst, zeichnete sich ein schwarzes Mobile auf ihrer Brust ab. Ich setzte mich zu ihr herüber und ergriff mit meinen Fingern die Kette an ihrem Hals. Langsam, obwohl sie nicht der Typ dafür ist, reichten meine Hände hinunter, um das Mobile zu ertasten. Dabei berührte mein Handrücken den oberen Ansatz ihrer Brust. Obwohl das nicht in die Situation passen wollte, erregte sie meine Handbewegung sichtlich und ihr Mund blieb offen stehen.

Sie wollte, ihre eigenen Überlegungen sortierend, zum Sprechen ansetzen, doch ich legte meine Hand schnell

auf ihren sich öffnenden Mund, jener Aussage zuvorkommend, die Möglichkeiten im Keim erstickt hätte. Nichts wäre besser, als dem Jetzt zu folgen, wollte ich ihr sagen, aber es würde nichts nützen. Nicht einmal der Untergang der Welt kann dem Menschen die Sorge nehmen.
So drehten wir uns weg, dem Lauf der Zukunft klein beigebend. Gerade als ich aufgestanden war, um die letzten Stunden auszublenden, eigentlich kommentarlos, lud sie mich ein, zu ihrer Abschiedsfeier am Abend zu kommen. Ich konnte es nicht einordnen, ging es mir beim Heruntergehen im Treppenhaus durch den Kopf.

GLÜCK

Es muss mehr drin sein. Die Uhrzeit würde weiterhin eine Rolle spielen. Fünfzehn Minuten nach eins. Bei der Überlegung, was noch kommen sollte, was man bis zum Ende notieren konnte (ohne vorwegzunehmen, was man wusste), erleichterten die neuesten Nachrichten. Seit gestern hatte sich die Zahl der Opfer weniger schnell entwickelt als zu Beginn. Zurückzuführen allerdings auf den Grund, dass die mittlerweile nachvollzogene Welle der Vernichtung nun über weniger dicht besiedelte Gebiete gelangte, nachdem sie in den menschenreichen Gebieten Asiens ihre große Opferzahl eingefordert hatte. Daher wurde weiterhin damit gerechnet, dass im schlimmsten Fall nur dieser eine Tag als menschliche Restzeit auf dieser Erde übrig bleiben würde.
Interessanter und in ihrem Wissen fortgeschrittener gestaltete sich unterdessen die Erforschung der Aggressionsherde. War man anfangs von einer Naturkatastrophe ausgegangen, deren Phänomen man nicht kannte, so wurde nun relativ schnell klar, dass bisher ungekannte Mächte im Spiel waren. Kräfte und physikalische Wechselwirkungen, die mit dem bisherigen Wissen nicht in Zusammenhang zu bringen waren. Eigentliche Wesen oder Gestalten, von welchen die Aggression ausging, hatte man allerdings noch nicht nachgewiesen. Natürlich existierten eine Menge Menschen, die sie vermeintlich gesehen haben wollten, angefasst hatten oder ohne Zweifel von ihnen als Geisel genommen worden waren

(um sicherlich irgendwann als Botschafter zurückzukehren). Allen Spielarten der menschlichen Sucht nach Protagonismus folgend wechselten hier Visionen mit Eingebungen, Ahnungen mit Glauben, Medium mit Meinung, Kraft, Energie, Untergang und Aufgang, gipfelnd in der größten Weisheit der Menschheit, dass man irgendetwas immer schon wusste (was zu einem rein mathematisch-statistischen Phänomen zusammenfällt, hatte man erst mal jegliche erdenkliche sowie die nicht erdenkbaren Wirkungen in irgendeiner Form dokumentiert: Irgendetwas würde in jedem Fall eintreffen – das Nichts eingeschlossen). Kurz, es wurde recht gegeben, auch ohne Lösung.

Dem momentanen Stand der Nachrichten folgend blieb dagegen jeglicher visueller und physikalischer Beweis für alles aus. Dazu kam, dass mit dem Zusammenbrechen des qualitativen Informationsstrangs der Medien ebenfalls bei Weitem nicht mehr gewährleistet war zu wissen, welche Meldungen mit welcher Seriosität noch den Tatsachen entsprachen (sofern Tatsachen noch als solche Gültigkeit hatten).
Doch fragte ich mich, nach weiteren fünfzehn Minuten, wie der Rest sein würde? Das, was übrig blieb vom Menschen, von mir, vom Dasein. Von all dem, was man jemals erschaffen hatte, Häuser, Türme, Dämme, Brücken? Von all den Gefühlen, die da waren, Vertrauen, Erkenntnis, Macht, Hoffnung, Demut, Liebe. Wohin würde entsorgt werden der Ärger, die Wut, das Strahlen der Begeisterung, die Flüssigkeiten der Leidenschaft? Was machen wir mit der Moral, wohin damit? Wer zerlegte das Konstrukt der Bildung, die Gitter der Wissenschaften, die Berechtigung der Erkenntnis? Wer

nahm die Religionen zurück? (Zurück zum Absender?) Die Beziehungen, Mensch! Man kann den Menschen vernichten, aber nicht seine Beziehungen! Und zuallerletzt das Empfinden? Das menschliche, ihm ureigenste Empfinden. Das Empfinden, das nimmt keiner mehr zurück. Empfinden von allem, das ist so groß, das bleibt übrig! Man hat sich dabei so viel Mühe gegeben! Keiner außer dem Menschen war dazu imstande, so einnehmend, so groß und so breit hat er empfunden! Jeder einzelne auf seine ganz eigene Art hat empfunden, ganze Arien und Epen, in jeder Berechtigung war es vorhanden! Man wird trennen müssen, persönliches Empfinden von allgemeinem Empfinden, nacktes von natürlichem, erstes von im Nachhinein Empfundenen usw. Das ist unmöglich!

Wir können gar nicht untergegangen werden.
Das wenige, was bleiben würde, war antizipierbar? Interpolarisierter Lebensinhalt. Das Gesamte übergreifend beschreiben. Ich wollte das Ende meines Berichts lesen, damit ich darüber informiert war, was geschehen würde. Was folgte, wenn er einfach aufhörte? Oder stand am Schluss das Erwachen aus dem Traum. Verschwitzt, erschrocken aber erleichtert. Zehn Sekunden für eine Erinnerung. Alles beim Alten, jede Sünde erlaubt. Früher gab es kein Mittagessen ohne Leiden, heute ohne Mittagessen keine Nachspeise. Moderne Menschen, moderne Gefühle. Tango im letzten Bergdorf. (Versuchen Sie bitte immer, mit Ihrer Verzweiflung den Zeitgeist zu treffen.) Ein paar Schritte in dem kleinen Raum, das Fenster zur Kältefront kurz geöffnet und ich schloss aus, dass es sich um einen Traum handelte.

Zweite Möglichkeit einer Illusion. Das Ende, ein Ende als selbstprojizierte Vorstellung. Privater Weltuntergang als Lebenshilfe, impliziert durch Rauschmittel, suggeriert durch Einbildungskraft, auf Rezept. Verarbeitung des gedacht Erlebten unter ärztlicher Aufsicht. Reue im letzten Satz. Aber wieso würde ich mir eine Illusion einbilden wollen, wenn ich die Wirklichkeit hatte? Das brauchte ich nicht. (Ich brauchte keinen Selbstmord für mein tägliches Leben.) Es würde sowieso passieren, auch ohne mich.

Einfacher würde es gehen mit einer dritten Alternative, als gerade mein Kopf zu schmerzen begann. Bekannt und unerwünscht drückte die rechte Gehirnhälfte von innen gegen die Stirn. Die Angst vor dem Schmerz war bereits vor der Wahrnehmung da. Doch welcher Gedanke war zuerst da? Der des Selbstmordes oder der des Kopfwehs? Eine andere Möglichkeit, zum Ende zu gelangen: die Kugel durch den Kopf nach dem jetzt gesetzten Punkt.

Nach diesem letzten Satz also würde ich spüren, wie das Projektil mit metallischer Eleganz durch meinen Kopf schwebte, das Gehirn wieder nach hinten drückte und den Schmerz in seinen Sog zog. Einmal geschossen würde es aber schwieriger sein, die Erfahrung zu protokollieren, deshalb beschrieb ich sie jetzt, diese Sehnsucht nach dem kalten Druck der schweren Pistole als endlich etwas Starkem an meiner Stirn; wie sie nach dem Schuss noch rauchte und mit einem Schlag heiß in meiner Hand lag. Innen wusste ich endlich die einzelnen Bereiche in meinem Gehirn zuzuordnen. Schließlich trafen sie sich jetzt das erste Mal, durch den Druck aneinandergepresst. Befreiend wird Platz entstehen. Ein ganzer Kanal, leer und gerade für neue Gedanken. Nur über den Austritt der Kugel am hinteren Ende, ein furchtbares Loch hinterlassend, war ich mir unsicher! Lieber wäre es mir ohne. Der Bericht würde enden: So wusste ich, an was ich mich erinnerte, aber daran erinnerte ich mich nicht.

Und dann verstehst Du Glück.

SCHÖNHEIT

Ich werde ihr vorschlagen, Sex zu haben. Am ersten Tag meldete man sich nicht sofort, aber wie viele Tage würden verbleiben? Ich versuchte, mich nicht zuletzt zu verlieben! Jetzt war die Gelegenheit günstig, denn die Möglichkeiten waren derart eingeschränkt, dass es mir hierfür die Augen geöffnet haben sollte! Und so sah ich sie auch, als etwas Besonderes, wie es meine Wege kreuzte. Und wahrhaftig konnte es kein Zufall sein, wie gut wir uns verstanden hatten! Auch ein komisches Gefühl in der Magengegend vermochte ich mir durchaus zuzusprechen, beim Hinfühlen war es genau und deutlich da, so wie es beschrieben stand, vielleicht nicht zu deutlich, denn man wusste es ja nie. Sehen wir den Tatsachen ins Auge, sie ist durchaus attraktiv, in jedem Fall erschien es mir so, von sehr nah auf jeden Fall glänzten ihre Augen besonders. Dann ihre Bildung und die Sicht der Dinge, jemand, mit dem man in jedem Fall ein Gespräch führen kann. Das heißt, das hatten wir ja schon getan ohne Zweifel, das heißt, es gab keine Zweifel. Dann die Zeit! Ich würde sie so wenig sehen, dass ich mir jeglichen verbleibenden Moment mit perfekten Augenblicken füllen konnte, mit all jenen Situationen, wo zwei Personen zu eins werden, in überschwänglicher Harmonie das Gleiche denken würden, dem anderen nur in der Größe des eigenen Glückes voraus wären, welches aber dann ausgesprochen wieder das gemeinsame wäre! Liebe, ich kann von der Möglichkeit leben. Ich stellte mir

Situationen vor, ohne sie durch die Realität kaputt zu machen. Ich ließ die Schönheit agieren, wie es mir beliebte.

Aber es reichte nicht. Wie der ernüchternde Morgen war es mir klar geworden. Du musst dich neu erfinden! Dein Altes war nicht fähig gewesen und dein Altes bist du jetzt. Was hätte sich also ändern sollen? Woher soll die Schönheit kommen, wenn man nach Langeweile fragt?

Mit dieser Botschaft stand ich auf der Straße. Wenig Zeit nur verblieb mir hierfür, für eine Maßnahme, die im Grunde relativ einfach zu sein hätte. Als existierender Mensch mit zugegebenermaßen vorgegebenem Äußeren, aber auch einem flexiblen Inneren, das wollte heißen Charakterzügen, die im Wesentlichen veränderbar waren. Im Falle würde es nur auf die jeweilige Reaktion auf gewisse Situationen ankommen. Es könnte freundlich reagiert werden, wo vorher Missmut stand, Nachsicht geübt werden, wo Vorwurf infrage kam. Schwer würde das nicht sein, wenn es hilft, den Charakter zuletzt zu verbiegen. (Das letzte Stück Mensch einzutauschen.) Süßer Funke Irrationalität, schnelle Handlung in geringer Reflexion, fort und erloschen (und schau immer, was du angestellt hast. Oh, du Arme!).

Als reines Ergebnis meiner Einbildung sollte alles möglich sein, nichts unmöglich. Ich konnte mir Erfolg und gute Zeiten vorstellen! Die Ängste wurden in die richtigen Relationen gesetzt, hierzu gab ich mir selber den Rat und las nichts nach.

Aber ich kenne sie gar nicht, würde mir meine Ausrede sein, die Ausflucht, nicht der eigenen Einbildung folgen zu müssen.

Ich versuche dich zu riechen! Ich duze dich jetzt, ohne deinen Namen zu kennen! Aber du wirst mir Bild sein für das, was ich irgendwo hätte finden sollen. Vielleicht habe ich mich schon verliebt in dich und es nicht gemerkt! Was du mir alles gibst, was du mir bedeutest, meine Reinheit, meine Vernunft, meine Berechtigung, ich habe es verdient! Ich laufe durch Felder und Wiesen, die Halme rauschen an mir vorbei, die Natur lächelt mir zu. Und wir haben erst angefangen. Wir haben nur ein Wort, aber wir leben für dieses eine Wort. Es zählt nicht, was gewesen ist, und noch weniger, was sein würde. Denn das konnte nicht zählen, nicht in diesem universellen Moment, diesem zeitlichen Manifest der universellen Liebe, dem Augenblick, wenn sich Dinge vereinen und wir alle dasselbe fühlen, einen Anker gefunden haben in unserem einzelnen Dasein, Zuflucht finden im selben Gefühl des anderen und jedes anderen, für immer Geschwister in diesem einen kosmischen Funken, wie er außerhalb allem Wahrnehmbaren durch jeden Teil unseres Körpers und unserer Seele fährt, zärtlich und wärmend eine schützende Decke der Zuversicht hinterlassend. Das würde ich ihr sagen. Das wird sie mögen.

Und dann verstehst Du Schönheit. Wahre Schönheit. Ein hohes Gefühl zieht in Dir ein. Ohnmächtig gegenüber dem wahnsinnigen Empfinden, ungläubig dem eigenen Wunsch gegenüber erkennst Du das höchste Gut der Menschheit, die Manifestation allen unseren Tuns, die Perfektion der Ästhetik. Du verwechselst es mit Liebe, ebenso blind lässt es Dich in Deinen Reaktionen, ebenso perplex nimmst Du entgegen, was man Dir bietet, Deine Möglichkeiten, zu handeln entmündigt durch die Allmacht, die Gewalt und die Kraft der strahlenden Schönheit, wie sie Dir zeigt, was bisher hässlich war.

Die Feier fand statt, wo ich es nicht erwartet hätte. Die Wohngegend lag am anderen Ende der Stadt sowohl von ihrem Atelier wie auch meiner Wohnung aus und der Weg bedeutete für mich eine Stunde Fußweg. Unter der Adresse fand ich einen Wohnblock mit mehrstöckigen, eingereihten Häusern, die eines dem anderen glichen. Die Gebäude waren in einheitlichen, dunklen Tönen bestrichen. Die breite Straße war mit Kopfsteinpflaster belegt und menschenleer. Kein Licht in einem der vielen Fenster und kein Lärm wies auf ein Fest hin. Auch hier lehnte die Eingangstür mit einem kleinen Spalt offen und die Postkästen an der Wand quollen ebenfalls über. Der Hauseingang war breit genug, um Fahrzeugen die Durchfahrt zu ermöglichen. Außerdem ging rechts und links jeweils ein Treppenaufgang nach oben, die sich in exakt gleicher geometrischer Form anordneten. Beide waren gleich still. Ich meinte, mich intuitiv für den rechten entschieden zu haben, und stieg Stockwerk für Stockwerk, die alten Stiegen mit schwerem Teppich belegt, nach oben, an jeder Tür horchend, ob dort der Lärm mehrerer Menschen herausdrang. Im Dachboden angekommen machte ich ohne Ergebnis kehrt und nahm dieses Mal den linken Flügel. Dort, erst im zweiten Stock, schallte mir entfernt das Geräusch von dumpfer Musik durch das Dunkel entgegen. Ganz oben angekommen stand auch hier die Tür bereits offen und aus dem hellen Spalt pulsierte nun der Überdruck des Festes in den dunklen Gang. Mit dem Öffnen der Türe wurde sofort die Musik lauter und das Geschehen wirklicher. Es drängte sich das sich mir darstellende Bild der grell erleuchteten Wohnung wie ein schlecht erzählter Film in meine noch nüchterne und daher widerwillige Auffassung. Der erste Eindruck, der sich mir bot, zeigte sich direkt und unverblümt als ein Manifest des menschlichen Vergnügens, ein Fall aller Tabus, die Abwesenheit von zuvor gekannten Werten und Moral; Sitten waren niemals anwesend gewesen, Blasphemie als Mindestmaß. Im lauten Schlag der Bässe wanden sich ineinandergeschlungene Körper über Boden und Möbelstücke, nackte Gliedmaßen waren nass getränkt, überzogen mit einem Cocktail aus Schweiß, Alkohol und anderen Flüssigkeiten, Gegenstände des Genusses lagen verbraucht und kaputt an den unpässlichsten Orten, die Einrichtung war bereits dem Jenseits übergeben. Im Takt des Unterganges fielen Gläser und Lampen auf den Boden, nackte Menschen kopulierten vor aller Augen in einem natürlichen Verständnis, als ob sie Essen zubereiteten. Überzogene Szenen machten es den Sinnen nicht einfach, den jeweiligen Extremitäten Wahrnehmung zu schenken. Die Warnsignale zu eingreifenden Reflexen, Gliedmaßen aus Scherben oder Erbrochenem zu halten, kämpften mit der schieren Faszination der einfachen, handlungsunfähig machenden visuellen Aufnahme. So natürlich wurden Drogen konsumiert, Alkoholflaschen geleert und Köpfe gegen Wände gehauen. Im Versuch, das Gleichgewicht nicht zu verlieren, stieg ich dem Zustand entfliehend weiter durch die einzelnen Räume der großen Wohnung. Jemand verlor das Gleichgewicht und fiel mir entgegen, sabbernd an meiner Schulter Halt findend. Links im Wohnzimmer befand sich eine kleine Bühne. Man konnte in der Silhouette einen Mann mit Mikrofon erkennen, gegen den Lichtkegel war nur sein Hut sichtbar. Der Rest war Nebel und Lärm. Rechts ging es in eine Küche. Die

Gelage sind immer gleich, wiederholen sich wie der Tag, aber heute schien es anders. Das Fehlen einer Zukunft für jeden rechtfertigte die Gegenwart des Einzelnen. Ich nahm Bier aus dem Kühlschrank.

Trotz des Übermaßes an Reiz und Attraktionen kämpfte in mir ein Gefühl der Resignation, welches herrührte aus der sterilen Nüchternheit meines eigentlichen Zustandes, gegen den urtrieblichen Wunsch, nicht nur sie zu finden, sondern teilzunehmen an dem Exzess, um endlich und animalisch der wuchtigen Macht der Instinkte freien Lauf zu lassen, wie sie in voller Ekstase Erziehung und Vernunft aus dem Weg räumten. Doch beinahe schien mir trotzdem langweilig zu werden, da das Bier noch nicht wirkte. Unterdessen jedoch konnte ich mit jedem Schluck mehr erkennen, lauter lachen und mich alsbald nicht mehr verwehren gegen die Blicke, die mich quer durch den Raum trafen. Diese Blicke waren anders, sie suchten mehr als sonst, sie kannten keine Intimität mehr. Alles lag darin offen. Das Letzte, was blieb, war das Körperliche. Kein Gespräch und keine Spannung, keine Geschichte mit ihren eigenen Geheimnissen interessierte mehr. Das Suchen war lange zu Ende und wurde nun endlich gleich durch das Finden ersetzt. Fürsorge wird nicht mehr nötig sein (kommen wir gleich zum Punkt).

Noch war ich Beobachter, als ich aus der Küche wieder in den Gang ging, doch es würde auch egal sein, welche Stellung ich einnähme. Wer würde es wissen? Wo war derjenige, der noch richtete? Ohne Zeit keine Moral und kein Gesetz. Der Boden klebte wie ein Zeichen der verschütteten Tugend an meinen Schuhen. Für einen Moment lehnte ich mich im Gang an eine freie Stelle an der Wand. Die schnellen Frequenzen von Musik, Bildern und Gerüchen schlugen wie Peitschenhiebe in das Klare meiner nüchternen Beobachtung. So stand ich einige lange Minuten, als eine Hand von hinten meine Finger erreichte und anfing, mit ihnen zu spielen. Abstrakte Vorstellungen machten in mir zeitgleich Platz für ein sicheres Gefühl der Zugehörigkeit. In Vorstellung ihrer Schönheit den Moment herauszögernd, wenn sich ihr wollender mit meinem suchenden Blicke treffen würde, spielte ich, mit dem Rücken zu ihr, mit ihren Fingern. Wie sie mich hier in der Anonymität ertappte, wie sie mir die Unordnung schlagartig durch einen Hauch von Integriertheit ersetzte. Darum wartete ich einen Augenblick, um das Gefühl zu empfangen, ehe ich mich zu ihr herumdrehte. In einem komplett weißen Lederkostüm, das vom Hals bis kurz über die Knie reichte, mit einem tiefen Ausschnitt im Dekolleté, stand eine sehr junge Dame vor mir, die ich noch nie vorher gesehen hatte. Auf unsere spielenden Hände herabblickend suchte ich kurzen Halt zwischen der Enttäuschung, nicht von ihr gefunden worden zu sein, und dem jugendlichen Wunsch in den Augen des Mädchens. Ich musste jetzt beobachten, wie ihr makelloser Körper in fast unmerklichen Bewegungen den guten Sitz in ihrem Kostüm demonstrierte, wie es als zweite Haut jene feinen Linien nachstrich, denen sich meine Augen nicht widersetzen konnten. Beeindruckt konnte ich wahrnehmen, wie mir ihre Erscheinung in diesen Bruchteilen von Momenten eine verführende Erklärung des Überschwangs dieser Feier unterschob. Jugendlicher Reiz, momentaner Gesundbrunnen, Venus dieses Exzesses; wie möchtest du mir in deinem jungen Alter, als gerade noch die geschlüpften Knospen deiner Hormone die vollen Blüten trugen, zeigen mit einem Mal den Unsinn meiner rationalen Gedanken. Du stattest aus meine Lust im schnellen

Kampf gegen die lange Bank der Selbstkontrolle, berührst verführerisch den Hebel meiner Ignoranz, die Durchschlupf sucht im engen Netz der weitsichtigen Sorge. Ich sah sie an. Ihre Augen suchten in sicherer Erwartung meine Begierde, während sich ihre vollen, roten Lippen zu einem wehrlosen Blick öffneten. In unbestimmter Länge verblieb der Moment. Es war nicht mein eigenes Bewusstsein, das sie auf ein vergebendes Ende hin küsste, auch nicht meine Erinnerung an ihre schlanken Hände, wie sie in geschlossenem Lid das Feste ihrer Brust gegen meine Sinne schob. Dieses Jetzt war zu unecht. Es war zu schnell vorüber und hinterließ nur noch die Mechanik einer nassen Zunge. Kaum vom Süßen gekostet, explodierte das Vernünftige lichtschnell ins All, kondensierte im selben Augenblick brutal an den Partikeln der Gegenwart und fiel mit trockener Nüchternheit wie ein toter Leib zwischen uns. Sanft, aber nachdrücklich schob ich sie zurück und öffnete uns die Augen. Unzeitgemäß und Herr der Situation, strich sie nach nur kurzer Irritation mit den feuerrot lackierten Fingernägeln über ihre Lippen und hinterließ in sicherem Blick nicht mehr als einen Satz. (Männer mit Vollbart schwimmen nicht.)

So verfing ich mich einige Male, ohne dass ich finden konnte, was ich suchte. Vor jedem weiteren Getränk stellte sich die Resignation als Möglichkeit jedes Mal von Neuem, mit jedem weiteren Getränk verlor sich ebenso hierfür die Hoffnung. Im reduzierten Zustand gesellte sich so das angenehme Gefühl des momentkonzentrierten Daseins zu mir, ohne es aktiv mitbekommen zu haben. Der anfängliche Exzess war mir nie normaler vorgekommen, aber warum ich hier war, wusste ich noch. Wie viele Stunden des Abends bereits vergangen waren, jedoch nicht mehr.

Schon gingen die Menschen langsam nach Hause. Unbekannt der Uhrzeit kam es mir vor, als wären trotzdem immer mehr von ihnen vorhanden gewesen, die sich auf immer mehr Räume verteilt hatten. Auch sah ich die Dinge nicht mehr, wie sie waren. Das heißt, ich konnte das, was ich mit den Augen erfasste, nicht mehr beurteilen, nur noch die schwache Erinnerung um ihre Referenz bemühen. Vor dem Schlechtwerden Halt suchend, lehnte ich mich, abermals in der Küche, mit der rechten Stirn gegen einen offenen Schrank. Das reine Wahrnehmen gelang nicht mehr richtig und das, was ich sonst noch sah, war wieder nur Ergebnis der Bemühungen meiner Phantasie. An den Kühlschrank gelehnt stand so das Schönste, wieder einmal, aber ich konnte nichts mehr ertasten. Ihre dunklen Augen versuchten in mir einen Rest von Gedankenflucht zu bewahren (in ein warmes Land. Die aufgehende Sonne trennte, durch die Lamellen des Vorhanges geteilt, die Schwüle der Luft. Wir lagen nackt ohne Decke auf dem großen Bett in der Mitte des kleinen Raumes. Fahrgeräusche, Händlerschreie, die ersten Nachbarn bauten draußen den Rahmen des neuen Tages. Verschwitzt und glänzend an deiner Zigarette ziehend bleibst du mir ein Traum. Deine fremden Augen, das tiefe Geheimnis einer unbekannten Welt. Ich wollte nicht mehr wissen über dich als das, was ich sah: die Kurven deines Körpers als zeitlose Skulptur, sich über das Bett legend wie das weiche Wasser über den warmen Sand. Der Schweiß als glitzernder Film auf der braunen Haut lud mich immer wieder ein, sanft darüber zu streichen. Suggerier mir Unschuld und Abenteuer, Gegenwart ohne Zukunft, lass mir diesen Moment und sprich nie wieder was). Dafür reichte es noch. Das war kurz vor dem Ende. Die Geschehnisse schenkten mir dann keine Beachtung mehr, sodass ich auch nicht darauf rechnete, die Schwester alsbald in der Menge zu finden. Der Wahn des Festes war auf mich übergegangen, die Sinne nur noch Messinstrumente ohne Macht.

DIE EINSICHT

Ein darauffolgender Tag

Eine Besinnung ließ sich im langen Weg nach Hause nicht finden. Erst die Suche nach dem Haustürschlüssel bot einen Anhalt, den dumpfen Zustand in Relation zu setzen. Im Treppenhaus nach oben zeigte sich in der Dunkelheit die noch vorhandene Nacht. Erstaunliche Mengen Alkohol waren zu mir genommen, als ich klar die Nüchternheit meiner Wohnung erkannte. Die letzte Luft ist immer trocken. Seit vier Stunden hatte ich nicht mehr auf die Uhr gesehen. Mir kam es mit einem schlechten Gewissen, nicht mehr informiert gewesen zu sein. Aber es stellte sich als schwierig heraus, die letzten Nachrichten zu bekommen. Fünf Uhr neunzehn in der Früh und das letzte persönliche Vergnügen wird der Pflicht, die Allgemeinheit zu informieren, vorgezogen. Ebenso machtlos wie die Nacht zögerte ich, mich ins Bett zu legen. Auch nur die Wahrscheinlichkeit, nicht mehr aufzuwachen, verhinderte den Schlaf. Für eine praktische Überlegung versorgte ich mich mit eigenen Eindrücken vor meinem Fenster. Die Nachbarschaft lag still, die Häuser standen starr (die Idee verdrängend, dass irgendwann vormals Wiesen und Wälder dort gestanden hatten) und die wenigen Bäume pendelten fast unmerklich mit den leichten Luftstößen der Nacht. Noch einmal hörte ich hin.

Die Nacht fand ihre Schönheit in der Bedingungslosigkeit. Selten noch traf man in unseren heutigen Tagen etwas mit der gleichen, kompromisslosen Unnachgiebigkeit an, wie sie die Nacht kannte, wenn sie denn kam. So folgten wir dem Dunklen, weil wir sonst nichts erkannten. Endlich ward eine Entscheidung für uns getroffen. Noch keiner wagte es unlängst, die Nacht zu beleuchten, sie von ihrem Schleier zu befreien, der alleine für diese seltenen Gefühle verantwortlich war, die einen auf dem Weg nach Hause begleiteten. Immer auf diesem Pfad, die Gedanken der Stille angenehm, aber anregend in eine Hülle der Vertrautheit gebend. Komplizenhaft zwitschern die Vögel zum beginnenden Tag. Woher kam mir nur die Überlegung eines neuen Morgens? Immer wieder fanden mich die Gedanken des Schönen. So konnte auch dies nur etwas Menschliches sein, sich an die guten Dinge zu gewöhnen und im Schlechten das Gute zu finden. Es war eine kurzfristige, immer neue Heiterkeit, welche immer schneller wurde, sich ständig überholte, nach mehr und mehr vom guten Gefühl verlangte. In immer kürzeren Abständen, in fallender Halbwertszeit, die einzelnen Seelen im billigen Verkauf, die Dichte der uns tragenden Wolke wurde so immer undurchsichtiger und giftiger. Wie schön ich mir das reden konnte! Wie sehr die Beschreibungen jedes einzelnen, letzten Tages sich glichen, wovon ein beliebiger in seiner einfachen Beschreibung hätte ausgereicht.

Und so wachte ich wieder auf, bevor ich die Augen geöffnet hatte. Denn ich wusste, es war da! Es war alles wie vorher! Das Gefühl in Kopf und Gliedmaßen war bekannt. Freuen könnte ich mich vielleicht darüber, denn man war uns erhalten geblieben, zunächst. Aber was machte der fahle Beigeschmack? Was für ein Gefühl beschlich mich, was war von den ersten Morgenstunden unangenehm an mir, als wäre ich seit Tagen ungewaschen?

Enttäuschung weckte mich. Enttäuscht fühlte ich mich, enttäuscht war ich vom Ende, das nicht eintrat! Alleinegelassen vom Ende, zurückgelassen in der bekannten Welt. Und wirklich alles sah ich vor mir, das Licht des Tages, die Bäume, Straßen, Vögel, mein Zimmer, meine Einrichtung, Bücher, Blätter, Wecker, Menschen, Menschen, ich sah Menschen. Alles gleich! Kein Untergang, kein Tod, kein Ende! Mit der letzten Ernüchterung stellte ich fest, dass man vom Verrecken alleine nicht sterben konnte.

(Und unsicher war ich mir. Hatte ich sie getroffen gestern? Was war Traum geblieben, was Realität?)

Nichts als der schale graue Abdruck eines weiteren Tages lag erneut vor mir. Ohne Absturz hing man weiter an der Nordwand des Lebens, steil, dunkel und schwarz. Also hatte man Grund zur Freude. Eigentlich war es absehbar und annehmbar gewesen, dass man nicht der schlechtesten statistischen Prognose erliegen würde. Wer hatte vergessen, dass Menschen einem sich dem Nullpunkt asymptotisch annähernden Schicksal verbunden sind? Nie passierte etwas voll und absolut, immer blieb ein kriechender Rest von sich an den letzten hängenden Zipfel der Hoffnung klammerndem Schicksal. Wo konnte ich anrufen und vorschlagen, dass wir uns wie alte Männer unserem Schicksal stellen wollen. Wen konnte ich anschreien, wo war das Ventil, wenn man eines brauchte? (Hier, fremde Energie, speie dein Ende über uns weg, raffe uns dahin, wir sind fertig mit aller Existenz! Mehr kommt nicht rum.) Alle Erdenmenschen vereint gehend, stehend, sitzend, aber die scharfen Konturen einer unwiderruflichen Überzeugung in den Blicken, die unvorstellbare Energie in einer gemeinsamen Meinung festigend, den Nachbarn anblickend und vertrauen könnend, er dächte wie ich, er würde handeln wie ich usw. ... nein, wir müssen auf den Tod hin überleben! Zweieinhalbtausend Jahre Evolution, damit wir die Babylonier überzeugen, dass es ein Leben nach dem Tod gibt, ein Paradies, in welchem sich je nach Geschmack Jungfrauen mit Äpfeln bewerfen, man dahin aber gar nicht wollte, weil am irdischen Leiden längst Gefallen gefunden wurde. Dieses eine Mal, stellte ich mir vor, wenn man sonst nichts erreichen könnte, dann wenigstens die eigene Kapitulation in Stolz und Inbrunst. Tausende, Millionen, auf Transparenten, Parolen, wir bieten an: Kriege, Konflikte, Katastrophen. Und weiter, in eine Richtung marschierend, Krankheiten, Korruption und Kriminalität. Das ganze K.o. der menschlichen Seele: Konsum, Koitus und Kollaps.

Was bleibt, ist die Uhrzeit. Als Gegenstand weniger als ein einziges Bakterium, ist der Augenblick doch beständiger als jede Küchenschabe. Neun Uhr Punkt, vormittags. Ein Wochentag wahrscheinlich. Das Kopfweh wäre um elf Uhr dasselbe gewesen. Aber es war neun Uhr (ich konnte nichts dagegen tun). Keine Nachrichten mehr, der Strom war weg. Ich ging von Schalter zu Schalter und knipste ohne Wirkung. Nur die Zeit, die lief mit Batterie. Auch war es kälter geworden, die Heizung funktionierte nicht mehr. Blind gingen die Rohre in die Wand. Dabei war ich dankbar für gestern. War es nicht lustig gewesen?

Sie war größer als alles, was ich bisher kannte, die Wut in mir. Wie lange noch wurde man in die Irre geleitet, mit wie vielen falschen Informationen versorgt, mit was für abstrusen Lügen still gehalten? Wer sagte mir, was zu tun ist! Sollte das das Ende aller Möglichkeiten gewesen sein?
Wahrscheinlich ging ich wieder auf die Straße. Dort, wo im Allgemeinen sich das Leben abspielte, auch wenn es keines gab. Es würden noch weniger Menschen unterwegs sein. Auf ihren Gesichtern fehlte der Ausdruck. Leere Gesichter, vereinzelt, steuerten durch die Gassen, Bahnhöfe, Gebäude. Waren diese Gesichter früher die Muster des Lebens, so glichen sie nun den anderen biologischen Strukturen dieser Erde wie amorphe Gegenstände, ohne Ordnung und Bestimmung verteilt im Nichts.
Die Erbarmungslosigkeit eines ganzen Tages, die Hoffnung nur in der Gewissheit (die nicht sicher war) der wiederkehrenden Dunkelheit. Dazu der nüchterne Versuch eines Problems, um der Ordnung zu entkommen. Theorien über das Leben ohne Inhalt. Ein Spaziergang, um die Gegend zu beobachten. Eine erste Erkenntnis in dem Temperaturunterschied draußen zu drinnen. Sonst das Trottoir normal, die Läden, einige geöffnet, andere schlecht besucht, aber fast alle warteten mit der Frage auf, wie man damit überlebte. Auf den Straßen trotzdem noch Autos und vereinzelt Fahrräder entsprechend. Etwa gleichmäßig dazu Fußgänger, aber wie gesagt wenige. Die meisten verbreiteten den Eindruck, einem Ziel nachzugehen, um zu vertuschen, dass sie auf der gleichen Welt im gleichen Moment nur spazieren gingen. Nicht notwendig nachzufragen, worauf sie warteten. Wenn ich jetzt zurückging, war ich zumindest

einmal draußen gewesen. Aber es gab ja sicherlich noch andere Möglichkeiten, bereitgestellt hier außerhalb, Kino, Einkauf, bestimmte Erledigungen. Damit wären weiter Momente überbrückbar gewesen, wenn es die Möglichkeiten noch gegeben hätte, bis zum nächsten Spaziergang. Oder man beschränkte sich auf die Möglichkeit alleine: Ich stellte mir Situationen vor, schöne, ohne sie wieder durch die Realität kaputt zu machen. Ich würde sie agieren lassen, wie es mir beliebte. Mein Gehirn konnte gar nicht unterscheiden, woher die Quelle der Erinnerung kam, es würde sich mit Gedanken begnügen.
Der Regen prasselte beständig auf den Asphalt, was weiß ich. Irgendeinen Eindruck gewann ich, als ob die Häuser entlang der Straßen höher in den Himmel reichen würden, aber dafür enger beieinander stünden als bisher. Ich könnte nicht mit den Häusern wachsen, vielleicht ein gutes Gefühl, wenigstens das zu wissen.

Und dann hast Du verstanden. Du hast verstanden, dass wir nicht immer hätten versuchen sollen, alles zu verstehen. Unsere Aufgabe war es, zu leben! Dieser kleinprozentige Unterschied ward uns mitgegeben, in unserem Erbgut bot er die Möglichkeit, sich zu unterscheiden.

Nun gut, erschien mir auch im hoffnungsfreiesten aller Momente die komplette Trostlosigkeit missgönnt, so suchte ich neuen Mut. In kompletter Ironie vermochte ich, nun für mich alleine, fähig zu sein, einen erfolgreichen Tag zu verleben! Warum auch nicht. Würde Ironie komplett erhalten bleiben, wenn es keinen Empfänger dafür gäbe? Alleine ironisch sein? Lieber ironisch alleine sein, beschloss ich, was aber auch nur ging, wenn andere dabei waren.

Erstaunlich dabei war der Bericht. Für heute wählte ich ein besonderes Datum, mittags, der 32., warum nicht. Denn es gab nichts mehr zu erzählen. Was blieb, war Vergangenes, also nichts Neues, was in der Zukunft ebenfalls nicht geblieben wäre. (Cocktailpartys vielleicht.) In dieser Feststellung schätzte ich mich glücklich, wissend, dass die heutige Zeit in überzogenen Exzessen lediglich jene tief greifenden Emotionen versuchte herzustellen, welche sie in die Vergangenheit hineininterpretierte (wo sie niemals in der Form stattgefunden hatten). Ewige Sehnsucht nach nie Dagewesenem als alleinstellendes Merkmal des großen Homo superioris.

Aber wieso kommst du jetzt? Gerade fühlte ich mich definiert. Für mich machte irgendetwas Sinn. Die Vorstellung war vollendet, für Wille kein Platz mehr. Alleine das Wort Sehnsucht konnte es nicht gewesen sein, welches mir den letzten Schmerz in Erinnerung brachte. Diesen einzigen Schmerz, den ich je hatte, wie er als giftiger Dorn seit Jahren in der endlich gereiften Frucht steckte. Vor das letzte Gericht werde ich gezerrt, mir vor dem Entschwinden der irdischen Wahrnehmung vor Augen haltend, was ich zerstört hatte, kaputt gemacht hatte in der einfachen Funktion des Lebens, nur das Einfache wollend, ohne böse Absicht nur die Selbstlosigkeit eingetauscht für etwas Egozentrik. Wie eine befohlene Maßnahme rollte sich die Erinnerung von Unbekanntem, gelenkt nun in meine widerwillige Vorstellung. Ich wusste, du warst dort gespeichert, chemisch vielleicht, aber mir waren alle Verbindungen gekappt worden! Ich selber hatte sie durchtrennt, um wieder lebensfähig zu sein. In ewiger Konzentration, in unendlicher

Ablenkung warst du nach langem Leiden notwendigerweise zur Unkenntlichkeit in das Nichts meiner biologischen Fähigkeiten gedrängt worden. Dennoch, du warst wieder hier! Pünktlich zum Ende zwang mich die Erinnerung an deinen Schmerz, eine ungewollte Regung zu haben. Eine schlechte Laune, ein schlechtes Gefühl. Eine neblige Wolke, schwer von Verantwortung, triefend vor Vorwürfen, zog jetzt zytotoxisch über die Wahrnehmung des gerade noch gewonnenen Geschmacks eines guten Lebens. Was hätte ich machen können? Wer hatte gewusst, dass ich getroffen war von der schlimmsten vom Menschen je hervorgebrachte Waffe, die den größten unvorstellbaren Schaden anrichtete, die nicht tötete, sondern das Unterbewusstsein für immer unterwanderte, dieses dann infizierte mit Gedanken und Erinnerungen, bis kein glückliches Leben mehr möglich war?
Wer hatte gewusst, dass das Unbarmherzigste die Schuld am leisen Schmerz einer Frau war.

Im Versuch, mich zu heilen, hatte ich hergegeben die Kunst des Verdrängens. So erreichte mich jetzt ungeschützt die Erinnerung an diese Schuld, wie sie mich vor vielen Jahren für immer getötet hatte. Als wäre ich du, als ginge ich auf dem Steg, so musste ich es jetzt noch einmal durchleben.
Natürlich war es im Urlaub. Es war der Urlaub am Strand. Ich konnte mit der Schuld umgehen, indem ich sie verneinte. Bisher. Es waren wir beide alleine im Sinne des du und ich. Es war auf einmal präsent, als wäre es gestern, der Strand, die Hitze, das Strandtuch. Dein orangefarbenes Kleid leuchtete leicht durch die verlassenen Bungalows. Am Straßenrand suchten ein paar Ziegen im Müll nach den Resten der Menschen. Du sitzt auf der

Terrasse und fütterst die Vögel, wie sie im artistischen Flug bereits das Brot schnappen. Ihr beide seid fasziniert. Auf das endlose und blaue Wasser hinaus führt ein Steg. Vielleicht dreihundert Meter weit. Bis zum Anfang des Steges liegt der gelbe Sand seit Jahrtausenden für das Schöne geduldig dar. Mal liegt das Korn in der Sonne, mal wird es umspült in kühler Bewegung des Meeres. Grell leuchtet der Tag über den wenigen dunklen Farben des Mittags. Verschiedene Tage kennt dieser Ort, wir kennen nur die eine Nuance, gelb wie die Sonne oder schon weiß wie die Hitze. Vielleicht summen Fliegen lästig in der Luft. Die Holzbalken des Steges liegen uneinheitlich in unterschiedlichen Größen und nur andeutungsweise in gleichen Längen auf dem Meer. Hier und dort, eigentlich überall zeugen die Furchen von der unnachgiebige Strenge der wechselnden Folter von Salz und Sonne. Unter leisem, aber strengem Ächzen hört man die nicht wahrnehmbaren Bewegungen des ewigen Wassers, mürbe an der Tragstruktur des Holzweges arbeitend. So sehr mir die Balken mit ihren verrosteten Nägeln von Sturm und Wolken, Wellen und Seegang berichten wollen, so wenig kann ich ihnen glauben. Zu mechanisch stieg hierfür in den letzten drei Wochen die Sonne jeden Tag in den monotonen Himmel und überblendete in durchsichtigem, giftigem Nebel den freien Moment. Die Ewigkeit manifestiert in einer einzigen Wahrnehmung.

Du sitzt auf der Veranda des Hotelrestaurants und wartest. Vielleicht schaust du auf das Meer. Alle Minute drehst du den Stein auf dem Glastisch auf die andere Seite. Dort liegt er dann, während du weiter auf das Meer siehst. Und weiterhin wartest. Sonst ist niemand auf der Terrasse. Überhaupt sind wir die einzigen beiden Gäste

im Hotel, in dieser guten Bungalow- und Freizeiteinrichtung.
Der Steg verlangt von mir, ihn zu begehen. Unter meinen Schritten mögen die Balken nicht nachgeben, ich bin ihnen zu wenig. Mir scheint, nach drei kleineren Balken käme ein größerer, der mit den Seiten verbunden ist. Unter mir das Meer. Man sieht es durch die kleinen, unregelmäßigen Spalte (vor ein paar Metern sah es genauso aus). Das Plätschern der Wellen am Ufer wird leiser, weil es hier kein Plätschern mehr ist, sondern ein Umspülen. Sogar die helle Klingel des Eisverkäufers hört man nicht mehr, so weit bin ich hinausgegangen! Der Eisverkäufer wartet nämlich auch, als Einziger hier außer uns. Und die Klingel benutzt er, um auf sich aufmerksam zu machen, wenn Touristen kommen. Nun waren wir die einzigen Touristen und immer in seiner Nähe. Daher klingelt er dauernd. (Das ist logisch.) Einmal dann kaufte ich auf sein Klingeln hin ein Eis, Vanille. Kurz beriet ich mich mit dir, ihm jetzt den Hinweis zu geben, dass wir ihn fortan zur Kenntnis genommen haben werden. Überleg dir doch, ob du froh bist, dass er hier ist und klingelt, sagtest du mir nur widersprechend. (Ich war nicht froh, dass er klingelte.) Außerdem existiert ihm kein Futur Perfekt. Jetzt hörst du das Klingeln noch auf der Terrasse. Vielleicht kaufst du dir ein Eis, das Ende ist jetzt in Sicht.
Aller Ende könnte es sein, aber selbst danach gibt es jemand, der nach Fortsetzung schreit. Die Erde musste zur Kugel werden, sodass sie nach jedem Abgrund weitergeht, endlos. Für den vermeintlich letzten Sprung über die Kante hinunter landest du wieder dort, wo du begonnen hattest. Eine Scheibe wäre besser. Jeder kann gehen, wohin er möchte. Wenn es zu eng wird, fallen

welche hinunter, wogegen man nichts machen kann. Nicht mit Soziologie, Philosophie oder Gesetzestexten. Eine erleichternde physikalische Ausrede für den heutigen Zustand. Die Welt kleiner als jede Verfassung. Die Scheibe würde uns endlich enger verbinden. Meine Verfassung ist stabil, eben soweit ich sie erfassen kann. Der instabile Teil ist in schlechterer Verfassung. Du wirst Schuld daran haben. Deine Familie, deine Manien, deine Krankheiten? Gestern Abend haben wir getrunken, weil es die einzige Möglichkeit war. In der Früh war der Tag konsequent unbeweglich, uns per Schmerz noch die süße Rechtfertigung für das gelebte Leben gestern Abend fühlen lassend. Vergangenheit als Schmerzrechtfertigung – was wir je in jeder Ansprache intellektuell vorbeugend, zu Recht uns Anerkennung zusichernd verneint haben. Übrigens haben wir jeden Abend getrunken, als wir zu zweit in dem Restaurant des Hotels saßen, die Kellner um uns herum, den Gästen gegenüber in der Überzahl. Nicht, dass dein Einfall schlecht gewesen wäre, zu den Krabben Wasser zu trinken – als Einfall, nicht im inhaltlichen Sinne. Und drei Flaschen Weißwein waren des Einfalls ebenso gutes Gegenargument wie deine plötzliche Idee, die Kellner zu ihrem Leben zu beschimpfen. Gewinner!, hattest du sie angeschrien, mit einem Mal zog es sich in dir zusammen und du wusstest um deine Wut. Jedes Mal hat uns ein anderer Kellner bedient. Einmal kam jemand mit der Speisekarte, nicht der, der uns den Tisch zeigte, dann ein anderer mit der Getränkebestellung. Du hattest recht! Es war nicht möglich, normal zu zweit in dem Restaurant zu sitzen. Aber den Urlaub hatten wir gewollt und er war in der Vorstellung so viele Male fertig gewesen. Er würde das Übel heilen. Also amüsierten wir uns, war auch mein Vorschlag. Und ich

konnte dir nachfühlen, die Wut zu haben, meine Wut zu haben. Dieses Etwas in mir, ja ein Gefühl, sozusagen damals ein Aufbegehren (an dem runden Tisch), keine Wut haben zu können! Die Uhr ist das Einzige. Die Uhr von deinem Vater. Ein gutes Geschenk. Einmal fühlte ich mich dann eingeordnet, der Parallaxe entrissen, in der du mich hieltest. Und ich versuche nicht an gestern Abend zu denken, obwohl ich dastehe wie der Schlächter nach der Arbeit, die offenen Hände nach außen gestreckt, den offensichtlichen Ekel, wie er schmierig an den von mir wegweisenden Armen entlangrinnt (um das Kalb wissend, wie es blutend noch am Haken hängt). Verdrängt habe ich den ganzen Streit, der nach dem Restaurantbesuch kam, kaum erklären kann ich mir die wenigen Worte, die uns zu einsamen Personen machten, vielleicht gäbe ich der Erinnerung an meine eigene Vorstellung der Zukunft eine Chance, nicht mehr jedoch der Botschaft, wie sie bei dir ankam. Und schließlich verneint meine Wahrnehmung komplett den untersten Boden und das letzte Ende, wie du vor mir, mir fremd und animalisch, auf den Knien herumkrochst, die letzte Würde auch noch verschenkend, dem Pathetischen die Bühne überlassend. Danach war es schwarz.
(Hallo), ich drehe mich um, doch es kommt, das mündende Ende des Steges betrachtend, niemand. Während ich mich noch einmal herumdrehen könnte, um niemanden zu entdecken, würde ich im besten Fall dich auf der Terrasse erkennen, wartend, den dissonanten, trockenen Ton des Steines auf der Glasplatte, wie er ohne Schallwellen über dem notwendigen Geplätscher des Meeres verstummt, nicht ausblendend könnend. Ein gereinigtes Geräusch, kein Klang, ein wesenloser Inhalt von Luftbewegungen, mehr waren wir auch nicht, kaum

stark genug, durch den Raum zu wandern, zu formlos, um neben der reinen Kenntnis ein Gefühl hervorzulocken. Irgendetwas zwischen hin- und wahrnehmen.
Erstarrt verwurzelt für den Moment der Blick auf meine gehenden Beine nebeneinander auf dem Holz. Ich überlege mir, dass ich das Geräusch nicht hören kann, also höre ich es nicht mehr. Es ist leicht, mein Kopfschmerz vergeht ebenso. Er wird hinweggetragen von der Brise des Meeres. Daran denke ich aber nicht, aus Angst, er, der Schmerz, könnte wiederkommen, wenn er sich nicht stark genug in den tobenden Windungen der Winde verflüchtigt hatte. Er erkennt mich, fährt herab, trifft mich, sticht herab ins Mark, zieht sich nach oben über den Hinterkopf direkt in das Gehirn, drückt sich nach vorne in die Stirn, wo er seinen alten Platz wiederfindet, den besten Platz für einen Kopfschmerz.
Der Strand ist hell und schön. Der Rest ist schon gesagt (oder gesagt worden). Aber jetzt ist nichts da. Kein Schmerz in meinem Körper, keine Menschenseele, keine Familie, kein Soziales, kein Zusammenhang, weder gewollt noch ungewollt. Alles, was ich über die Jahre angesammelt habe, scheint kein Interesse mehr zu haben. Alles, was ich war, vertrocknete in Bedeutungslosigkeit. Die Knie weich in Feder, aber starr in Struktur, die Haut nachgiebig und frei von Narben. Das Herz pumpt in jüngster Tatkraft und selbst das Drücken im Bauch macht Platz jenem Wohl, das ankündigt, was kommen wird. Der Steg ist zu Ende, es war zu erwarten. Nicht mehr bemerkt habe ich die Angler, welche ihren Platz verlassen haben, nicht bemerkt habe ich die Möglichkeit, dass es auch anders hätte gehen können. Einmal muss ich nun etwas zu Ende bringen. Vor mir tut es sich auf, das Morgenlicht eines anderen Seins. Dazwischen

die ewig unkenntliche Linie zwischen blau und blau. Dorthin werde ich schwimmen, dort werde ich enden, das Wasser ist der Anfang und das Ende. Den Mut habe ich nicht mehr mitbekommen, als ich in die Flut springe. Die warmen Lungen füllen sich mit dem kalten Wasser des Lebens und das Geräusch der Verantwortung verstummt langsam im hellen Licht der Harmonie.
Ich bin damals nicht gesprungen. Aber du.
Und der Schmerz ist geblieben. Bis heute.

ANGST

Und dann hast Du Angst. Dass es keinen Boden gibt, dafür eine Zukunft. Dass Du gesehen wirst und es passiert, sich harte Grenzen auflösen (die Dich noch schützten) und jetzt zulassen, dass Dir etwas zustößt. Du hast Angst, dass etwas geschieht, wenn Du jetzt sprichst, dass Du heraustrittst aus der Tapete der Gesellschaft und als hässliches Relief im toten Raum verbleibst. Für eine Sekunde warst Du Dir sicher, für eine Sekunde ergab es Sinn, für eine Sekunde war eben alles möglich. Der Moment dieser Sekunde rechtfertigte. Aber als der Nebel den Rest verdeckte und dieser sich Deinem Überblick entzog, den nur Du hattest, als jeder innehielt, eine Öffnung pro Anschluss, auf der Suche nach Lösung, da war Dein Ansatz gewesen, aufgreifen und ansprechen all jenes so Offensichtliche, Daliegende, Sinnmachende in der Sekunde, wo alles ineinanderfand, die Fragen zu dem Leben, das Du hattest, einen jeden bewegend, endlich lösend; in der Herrlichkeit des menschlichen Fortschritts. Ein Ende, ein Anfang.

Mein Tag ist vorübergegangen. Mein Tag war vorübergegangen! Aber die Zeit der großen Veränderungen war sowieso vorbei gewesen. Ich sah auf die Uhr. Abermals zeichnete sich mir der Strand im Kopf ab. Er war noch nicht wieder weg. Ich wusste nicht, wie viel Uhr es war. Beim erneuten Blick auf die Uhr stellte ich fest, dass ich dies gerade getan hatte, und doch war es genauso viel

Uhr wie vor fünf Minuten. Es erwies sich als Glücksfall. Ich konzentrierte mich zu einer neuen Vorstellung, nahm mir hierbei die visuelle Gegenwart zur Hilfe, so gut es eben ging.

Den Eindruck verdrängend, die Schiffsschraube der eigenen Aktion drehe ineffizient ohne wirklichen Vortrieb im rundherum präsenten Wasser, klopfte es zum selben Moment an der Wohnungstür. Sie wird zurückgekommen sein, war mein Gedanke! Alleine das lässt das Vorherige verschwinden, machte den Tag vergessen. Noch hatte ich mich kaum bewegt, noch war keine Sekunde seit ihrem Klopfen vergangen und doch hatte ich sie vor mir, wie sie in der Tür stand, das schwarze Mobile groß auf der Brust, im Blick ihre Entscheidung erklärend, doch nicht gefahren zu sein, auf dem Weg Gedanken gehabt zu haben, Emotionen waren ihr, vielleicht auch wegen mir, gekommen. Sie würde bleiben wollen, weil ihr die Chance auf eine Zukunft mit mir wichtiger wäre, das heißt zumindest in ihrer eigenen Beschreibung vorstellbarer sei als der luftleere Griff in eine anonyme Welt. Die Augen hätte sie dabei kurz und unschlüssig auf den Boden gerichtet, meine Reaktion abwartend, die von einer Überraschung in eine unfassbare Freude überging zum gleichen Zeitpunkt, als sie den Kopf wieder heben würde und der kurze Zweifel an der Situation dem unendlichen Lächeln ihrer Sicherheit weichen würde. Ab dann war der Wunsch der Berührung.

Als ich die Türklinke ergriff, konnte ich ein unmenschliches Wohlwollen, den Kopf leicht senkend, nicht vermeiden, so irrational erfasste mich der Wunsch, sie wieder zu sehen, so lächerlich machte er meine bisherigen Gedanken. Die Tür klemmte leicht. Mit einer Plastiktüte in der Hand stand, an das Treppengeländer gelehnt, mein Bekannter Klainsek im Flur. Seit ein paar Monaten habe ich ihn nicht mehr gesehen, obgleich ihm immer wieder die Gedanken galten. Nicht jedoch in diesem Moment.

Unnötig ihn hereinzubitten, ging er ohne Blick an mir, die Tür haltend, vorbei ins Zimmer, wo er die Tüte auf das Bett legte. Dann erst kam er einige Schritte zurück und gab mir wortlos die Hand zur Begrüßung, bevor er zur Tüte zurückkehrte und zwei Dosen Bier hervorholte. Noch immer ohne Worte öffnete er beide und reichte mir eine.

„Glaubst du den ganzen Mist?", schien er, anstelle der überflüssigen Begrüßung, zu fragen. Ich antwortete durch einen ersten, nachdenklichen Schluck, dann nicht direkt auf seine Frage, anmerkend: „Wenn ich durch die Straßen gehe, so scheint es, als würde es immer noch genug Menschen geben, die daran glauben!"

„Das ist Propaganda! Von der ersten Nachricht an inszeniert!" Nach einem Schluck fügte er hinzu: „Dass auch nur ein Mensch daran glaubt?"

„Wenn es dir nicht wie eine profane Frage erscheint, dann geh doch mal auf die Straße und suche jemanden, den du dazu befragen kannst!"

„Die Straßen sind menschenleer! Nichts bewegt sich mehr", und in einem Nachsatz: „Das Bier stand ohne Aufsicht im Laden."

„Das wundert mich nicht."

„Was? Das einsame Bier oder die verlorenen Menschen?"

„Wir haben keine Menschen verloren."

„Aber es sind fast keine mehr da!"

„Genauso viele wie vorher, mein Freund. Bis auf die Verstorbenen."

„Du weißt, was ich meine! Du solltest endlich mal rausgehen!"

„Wenn keine Menschen mehr da sind, kann auch keiner mehr an die Propaganda glauben. Wohl?"

„Sie haben es ja schon geschluckt! Es wurde bereits reagiert, aber was war denn eigentlich geschehen? Weiß es jemand?"

„Irgendjemand muss es wissen."

„Darum geht es ja! Diejenigen, die es wissen, die dafür verantwortlich sind, haben beim Einfachsten angefangen: die Information zu manipulieren!"

„Klainsek, nein! Die Informationen sind alle da."

Ich hatte noch in Erinnerung, wie er mich hier ansah. Von seinem Bier aufblickend, als würde er einen letzten Bezugspunkt verlieren. Resignation oder Abneigung war in seinen Augen, als er fragte: „Geht es dir gut? Nimmst du deine Medikamente?"

Hierbei musste ich beinahe lachen. (Die Medikamente!)

„Du weißt, du musst etwas tun! Alleine ist das schwer!", half er mir. „Wegen deiner Vorstellungen!"

„Es sind keine Vorstellungen. Die sind nicht vorhanden."

„Also nenne ich es vielleicht Glaube, das ist auch egal!"

„Natürlich ist es auch kein Glaube. Eher eine Wahl. So gibt es immer eine Wahl. Für das Jetzt eine Wahl. Da liegt ein Unterschied zum Glauben. Wer richtig glaubt, nimmt, bevor er im Vertrauen einen Vorschuss gibt. Ich gebe. Ich muss geben."

„Du musst nicht mehr geben! Nicht mehr als andere auch!" Sein Bier war fast schon wieder zur Hälfte zu Ende. „Du denkst noch daran?"

Der schöne Moment in meinem Zimmer war gewichen. „Ja."

„Als du sie verloren hast? Ich kann mich erinnern. Kein Warum könnte es auch heute nicht beschreiben!"
„Warum sagst du das? Behalte etwas für dich. Damit du auch etwas davon haben kannst." Wieder kehrte ein Schmerz in mir ein. Diesmal so, dass sich meine Augen feuchteten, weil was geschah, diesmal in der Realität, da gab es keinen Zweifel. Zugeben, man musste zugeben.
„Ich spreche nüchterner, als mir wohl zumute ist. Eigentlich bin ich verwirrt und habe die Grenzen wieder verloren. Ich muss in ein Krankenhaus gehen. Dort passt man besser auf."
„Krankenhäuser sind derzeit überbesetzt. Keine Aufsicht mehr vorhanden, wie beim Bier."
„Und was machen wir jetzt? Ich meine, wenn du jetzt gehst, bist du weg. Und dann?"
„Ich komme morgen wieder, wie jeden Tag. Wenn du was brauchst, ruf mich an!" Sagte er, ohne seine Besorgnis richtig verstecken zu können.
Klainsek erhob sich, stellte die leere Dose auf die Kommode und klopfte mir leicht auf die linke Schulter. Ich stand immer noch, fiel mir dabei auf. Klainsek wusste, was er tat. Er war professionell und er ging schweigend aus der Tür.

GLEICHGÜLTIGKEIT

Ich kann mich nicht mehr zuordnen. Sie ist wohl weg, er ist dann weg, alles, weil ich da bin. Mein restliches Leben nesselte wie eine offene Wunde. Unangenehm verliert es sich flüssig nach außen. Und das Ganze fühlte sich an, als ob man keinen damit berühren möchte, keinen infizieren wollte. Vielleicht habe ich lange gebraucht, aber ich erwartete mir nichts mehr vom Weltuntergang. Es lag sowieso in der Psychologie des einzelnen Menschen, Dinge relativ zu erfahren (so rinne achtlos vorbei, du selbe Menge Wasser am vollen Schwamme). Ich machte mir kein Fußbad.
Es gibt Zeiten, die gibt es nicht, sondern andere Dinge, während dieser Zeiten, als Füller, Delirium, ohne Zeit, wenn man verantwortungslos sein kann, weil es kein Zustand ist, keiner, der einem persönlich zugerechnet wird, sondern man eine Sondergenehmigung dafür erhält, durch ein Gutachten etwa, dann konnte man während der Zeit abwesend sein. Es war so weit.
Der Wahnsinn versuchte dabei ein System zu beschreiben, das nur dem Menschen eigen ist, immer dann, wenn er Lebenssituationen bewertet sah, dessen langer Arm der Kontrolle ihm schon lange entkommen war.
Es gab keine Gewinner mehr.
Es gab keine Girokonten mehr.
Es gab keine unrentablen Bausubstanzen mehr.
Am Äußersten. Bin ich der doppelte Mensch. Der Bezug war verloren. Ungefragt zieht das kosmische Element,

ungeachtet der Bedürfnisse. Das Zimmer ist dreieckig, den ganzen Tag lang. Was soll man tun, wenn es einem keiner sagt? Betrunken, um den Rausch zu bekämpfen. Das Einzige, was neben der Zimmerpflanze eine glaubwürdige Vergangenheit hat, ist das Nichteintreten der vorhergesagten Zukunft! Vier Tage warte ich nun auf den sinngebenden Zusammenfall des Ganzen und wache jeden Tag ohne Schlaf mit trockenem Mund im selben Zimmer auf, um festzustellen, dass die Wahrheit sich in der Lüge fortsetzt. Worüber man rede, es wird nicht dem Inhalt entsprechen.
Monochromer Tag, der da vor mir liegt. Es gibt keine Geheimnisse, die für die Zukunft gut wären. Wen soll ich anrufen, wen soll ich treffen? Nur um herauszufinden, dass die Zeit immer gleich schnell verrinnt? Der Zustand stimmte nicht. Er war krank, wie cordobäische Kathedralen.

Und dann ist es Dir egal.

Und du hattest gesagt, du musst weg, etwas tun. Raus, dorthin, wo man etwas tun kann. In einfachen Wörtern umschriebst du, was dir etwas bedeutet, wo du die Medizin deiner Seele suchst, in wenigen Sätzen maltest du mir einen Schmerz, den Schmerz, ohne dich zu sein. Kein großer Inhalt, keine Rechtfertigung, keine Analyse und keine Zweifel begleiteten deine kurze Botschaft. Nichts, woran ich mein Übel stillen könnte, mich von ihm ablenken könnte, ein kleines Floß nur, um nicht in den Fluten die Luft zum Atmen zu verlieren. Um die Zeit zum Verstehen zu haben. Einen Abschied sollte ich dir bereiten, dich zu deiner Abfahrt geleiten. Ich hätte dich nicht verdient, ich hätte die Situation nicht verdient.

Und noch so oft kannst du mir es sagen, ich bleibe zurück im größten Nichts, in der Steppe, wo niemals Wasser war, erst als du kamst und mit dir die Wellen, füllte sich mein Tag, der Boden wurde fruchtbar, die Farben veränderten sich, Dinge wuchsen in neuen Tönen, nahmen keine Rücksicht auf die leblose Beständigkeit, sondern eroberten, überwucherten mit ihrer Kraft all das, was als ausgetrocknetes Gerüst meiner Seele übrig geblieben war.

Wo ich auch stehen werde, ich werde nicht winken und keine Träne wird sich in diesem Moment zu mir gesellen. Als Hülle, trocken und schal bleibt der ewige Schmerz. Wo ich auch stehen werde, dies das Einzige, woran ich zu denken vermöge. Bleibt mir ein Hafen, ein Flughafen, ein Bahnhof, eine Straße? Ich bilde mir eine Mole ein, von welcher ein Schiff, das dich hinwegträgt, ablegt, kalter, klarer Sonnenschein in der bewegten und salzigen Luft, wenige Möwen kreischen entfernt zum noch entfernteren, dumpfen Signalhorn der Schiffe. Mit beiden Füßen im Gras stehend kann ich meinen Kopf nicht heben, weil ich die vor mir liegende Weite des Ozeans nicht ertrage. Ich bilde mir eine Abflughalle ein, die als totes Konstrukt von Stahl und Glas ihre Finger ausstreckt zu den ungleich großen, tierähnlichen Flugzeugen, in welchen du eingepfercht in einer Reihe von Gleichen hinwegschwebst, wo in trockener Luft die zu Verabschiedenden von den Verabschiedenden getrennt werden. Mit der Stirn gegen die dicke Glasscheibe gelehnt, einige Stockwerke unter mir der ölige Beton, in der Weite die nackte Landebahn, höre ich die ganze Welt durch einen Lautsprecher, bis ich mir die Ohren mit der ganzen Kraft meiner Hände zupresse, weil ich der Vorstellung der Welt erliege. Obwohl es regnet, bilde ich mir

ein, an einem staubigen Bahnhof zu sitzen, die Holzbank kalt und der Bahnsteig leer. Einheitlich, wie auf Schienen fahren die Züge ein, keine Rücksicht darauf nehmend, dass diese immer mit verschiedenen Menschen gefüllt sind! Ein Zug nimmt dich mit, kompromisslos und ungefragt, Hunderte Meter lang, und lässt zurück am Bahnsteig die Konturen eines Gesichtes hinter Glas, durchbrochen von lichtstarken Spiegelungen der Wirklichkeit. Mir bleibt keine Kraft und doch zwängt sich auch das letzte Bild in meine Vorstellung, denn es ist bitterer und unbarmherziger und noch weniger als zuvor, fast so, als würdest du nicht mehr abfahren, als würde keiner mehr abfahren. Nur die Straße verbleibt hier ohne Autos als leerer grauer Streifen, der sich wie an der Schnur gezogen gerade in Richtung des flimmernden Horizontes zieht. Es braucht keiner einzusteigen, abzufahren oder vorbeizurauschen denn ich würde hier bleiben mit Tausenden Kilometern des Nichts um mich herum, in jede Richtung. In der roten Erde kniend, von der Sonne geblendet, ohne die Erinnerung an den Geschmack von Wasser wartend und hoffend. Auf ein Auto, auf eine Kreuzung, auf ein Leben. Auf irgendetwas.
Aber ich bin stark. Man hat es gesagt. Ich kann es überwinden. Was gewesen ist, brauche ich nur hinzunehmen, zu erkennen und zu verarbeiten! Und dann baue ich dir ein Schloss am Rande der Lichtung. Einen Tempel dort, wo du immer hinwolltest. Mit eigenen Händen trage ich Stein für Stein dorthin, mache mir die Finger schmutzig, spüre mit jedem Fortschritt die Last der Vergangenheit. Es wird Marmor sein. Jede Säule verurteile ich durch mit Edelsteinen verzierte Blumen und Ornamente zum nicht ertragbaren Prunk. Die Zukunft wird entmündigt durch den Protz der Gegenwart. Steine, monumental in Größe,

stapele ich übereinander, mit bloßer Hand und Armeskraft richte ich sie dir aus, damit sie zu jeder Jahreszeit den Verlauf der Sonne einfangen. Rot in der Farbe, rau auf der Oberfläche, stemme ich mich mit aller Kraft, die ich besitze und die ich nicht besitze, dagegen. An Säulen dazu soll es nicht fehlen, welche ich mit Hammer und Meißel aus vollem Stein schlage, um ihnen mit Kapitell und Sockel eine eigene Form zu geben, die komplexer und figurenreicher sei als alles Griechische und Römische je gewesen war, und welche in Kontur, Gestalt, Symmetrie und Proportion ein neues und ewiges Beispiel abgeben werden für Generationen und Abergenerationen, wie sie noch in tausend Jahren kühn berichten und erzählen vom Schmerz, der mächtig genug war, dies zu schaffen. Davor lege ich einen Garten an, der die Ewigkeit bezwingt in den weiten, grünen Wiesen und Wäldern, die in der sattesten Gesundheit alles überdauern, was ich kenne, was ich kannte und was ich kennen werde. Die schönsten und kostbarsten Blumen verteilen ihre Farben in verschwenderischer Vielfalt durch die wie Diamanten glitzernden Wassertropfen der Fontänen, wie sie aus den kühnsten Figuren der Hunderte von Springbrunnen über die Herrlichkeit der Natur den Saft des Lebens in großzügigster Verschwendung verstreuen. Jeden einzelnen Grashalm werde ich selber auf die richtige Größe stutzen, auf Knien mit bloßen Händen die Erde zerwühlen, mir die Haut meiner Glieder aufreißen an den Dornen und Disteln der Hecken, bis jeder Blutstropfen das Vergangene vergilt.
Weil sonst nichts bleibt, lebe ich diese Orte des Abschieds.
Erst einmal taub, lege ich sie ab. Etwas anderes kann ich nicht tun an diesem Tag, den es nicht mehr geben sollte.

Es könnte ein schlechtes Gefühl werden. Der heiße Kopf, die kalten Hände aber werden nicht für einen Tod heute noch reichen. Es ist absurd. Was bilde ich mir ein, die Welt würde nicht mehr weiterexistieren. Was für ein Recht hätte ich, einzelner Mensch, der ich bin, davon überzeugt zu sein? Welchem psychologischen Fehler unterliege ich, mir in diesem Gedanken eine Lösung vorzustellen?

Der verbliebene Rest des Tages spiegelt sich in wenigen schwarzen Wasserpfützen in der Nacht. Eine gesamte Wucht von gelebten und verpufften menschlichen Emotionen schwebt gegenstandslos als geglaubte Materie eines eingebildeten Moments nicht in der Luft. Was aber auch verständlich ist, wenn man über die Möglichkeiten eines ganzen, saftigen Tages hinweg trauert. Ob meine Einbildung für Liebe reicht? Angst, sie jemandem mitzuteilen? Angst davor, sie jemandem mitzuteilen?

RESIGNATION

Ein Datum

Klainseks Gesichtszüge kamen mir in Erinnerung. Die starke Nase, der sichtbare Übergang zu den Wangen, ausdrucksstark der Mund mit den vollen Lippen. Noch nie hatte ich ihn so gesehen, als zöge die verrinnende Zeit an den Konturen seines Leibes. Immer wenn ich ihm gegenüberstand, sah ich nichts.
Eigentlich wusste ich nicht viel über ihn. Das heißt, aus seiner Vergangenheit. Vielleicht noch, wo er herkommt und warum er hier war. Er kommt aus dem Osten und hatte für sich etwas gesehen, was stark genug war, seine Familie damals zu verlassen. Und dann dachte ich mir, er hätte auch aus dem Süden kommen können. Er war nie müde, soweit er es zuließ.
Es wurde noch kälter in den Räumen. Die Erinnerung an die bittersten Winter kam unweigerlich ebenso wie die Erzählungen von früheren Zeiten, als Knappheit und Begrenztheit den Lebensalltag mitbestimmten. Ein langer Weg in den ewigen und kalten Weiten des Landes, links und rechts umrandet von beschneiten Wiesen, im Horizont auf einen Wald mündend. Die Pferde der Kutsche atmen durch die Nüstern und blasen kondensierenden Atem in die Kälte. In langsamen Bewegungen, schnell genug nur, um ein Einfrieren zu verhindern, trottet das Gespann seines Weges. So weit könnte ich reisen, so langsam genießen, in meiner Erinnerung.

Seit einigen Tagen hätte die Welt nun untergehen sollen. Einfacher kann ein Ziel nicht formuliert werden. Stattdessen raffte sich der, mittlerweile nicht sinnvoller gewordene, biologische Zyklus der Spezies auf und kroch zurück in die alte Gewohnheit. Im Versuch des teilweisen Bewusstseins wurde mir klar, was ich schon gekannt hatte, was die noch nicht definierte Zeit in der kommenden Zukunft aber wusste bisher durch nicht eingetretene Ereignisse teilweise zu verschleiern. Dies war mit dem zunehmenden Untergang eindeutiger definiert worden und es verblieb folgende Erkenntnis: Wände bestehen und bestanden nur aus Neid, zugemörtelt mit Drang, geschmückt durch zahlreiche, eigentlich unzählige Initiativen, welche im Versuch, punktuell und regional die Wand zu durchlöchern, diese nur mit kleinen Stahlstiften, letztendlich unmerklich, punktierten. So konnte man daran Bilder aufhängen. Man musste nur Sinn auf Inhalt umprogrammieren.

Also keine neue Erkenntnis, nur anders wahrgenommen. Sonst weiter nichts. Die einzige Relation, die ich darüber hinaus jemals herstellen konnte, war die zwischen Vogelschiss und Schicksal.

Der Rest beschrieb ein System von leeren Inhalten. Wie verlassen, seelenruhig lagen die Strukturen der ehemaligen Stadt bewegungs- und hilflos auf der Erde. Kein Kraftwerk pumpte mehr Strom durch die Leitungen, keine Wassergesellschaft füllte mehr die brachliegenden Leitungen, jede öffentliche Einrichtung stand vor dem persönlichen Bankrott. Amorphe Gebilde, welche einmal, und es machte den Eindruck, als dauerte diese erste Nacht der kompletten Verlassenheit bereits seit vielen Wochen und Monaten an, Struktur und Bühne waren für

die endlose Kreativität der Sorte Mensch, welche in feiner Organisation und Abgestimmtheit eine schier potenzierbare Unmöglichkeit von Konfliktpersonal in reibendem Aufeinandertreffen kommunal zu besänftigen wussten.
Was war in wenigen Stunden aus den Straßen gefegt worden von all den städtischen Bildern? Da gab es eine Zeit, in der Unbekümmertheit in Papierbechern auf den schicksten Cafés an Straßenecken standen, an welchen Trambahnen vorbeifuhren und Paare, sich in neuer Romantik küssend, sich hatten begrüßt oder verabschiedet. Restaurants unterschiedlicher Couleur boten neben wohl richtigen, gut riechenden Mahlzeiten Interieur nach neustem Geschmack, Bedienungen mit Hoffnung auf das Ende der Schicht und auf die gelebte Boheme, alles nicht nur auf Bildern, sondern echt. Fahrradfahrer waren Sinnbilder der Ästhetik, wo feine, zurückhaltende Technik auf elegante Kleidung traf, nur übertroffen durch Damen. Auf dem ein oder anderen ein Hut, so wie damals, welcher unweigerlich Provokanz, also auch Ausdruck einer Einstellung war und somit die Nachfrage nach städtischem Leben in einem Griff widerlegte. Nachts wieder ein anderes Bild, aber auch nur durch die menschliche Präsenz oder aber dann auch durch die reine Möglichkeit eines Menschen. Die Nacht war nur noch voll sexueller Möglichkeiten.
Was ist falsch an der privaten Vorstellung? Mathematisch-ökonomische Modelle können sogar mit Polemik gegengerechnet werden. Verlust der Wochentage und die Pflastersteine wellen sich. Radioaktiver Staub an den Geschlechtsorganen. Das Bier trinkt man noch am besten alleine.

Und dann wehrst Du Dich nicht mehr, weil Du anerkennen musst. Gezwungen bist zu nehmen, was es gibt, zu essen, was man Dir auftischt, zu verdauen, wofür Dein Magen gemacht war. Leise, mundtot gemacht, getötet legst Du all das, was Dir eigen war, Deine eigensten Gebilde, zurück in den Schrank, zu den anderen Sachen, die, verstaubt und unglücklich, verstümmelt und schwach, das Bild einer neuen Generation hätten sein können.

Auch dieser Tag ging zu Ende. Das Leben kehrte langsam, mir widerwillig, in die Straßen zurück. Widerständig, aber beständig und Zug für Zug erwehrte sich keiner mehr der Erwartung eines Endes. Der Glaube daran versickerte in den Ritzen des Alltags, er reichte nicht mehr aus, um aus jedem Tag einen besonderen zu machen. Die Dinge gingen weiter ihren Gang, der Tag würde zum selben Muster zurückkehren, welches ihn zuvor schon beschrieben hatte. Aber es fehlte ein Stück, etwas war genommen worden. Die letzte Illusion von einem wirklichen Ende war verloren. Es war, als ob man den Tod genommen hätte.
Die meisten der Fernseh- und Radiokanäle funktionierten ebenfalls wieder. Teilweise noch fehlten Teile im Programm, welche aber jetzt mit bereits Gesendetem gefüllt wurden oder aber nicht. Für die meisten bedeutete dies keinen Unterschied. Es waren Menschen gestorben, viele. Das war doch gewiss. Vielmehr stritt man über die genaue Opferzahl. Spekuliert wurde ebenfalls erneut über die Ursache für diesen Zustand und darüber, wie es so weit kommen konnte. Einiges Grundsätzliches blieb umstritten. Man begab sich wieder weg von tagfüllenden Beschäftigungen dem Drang hin zu Meinungsäußerung. Vor einigen Wochen war gewiss gewesen, wie das Wetter

wurde, wie man zu anderen Planeten gelangte und wie viele Kaliumatome im Körper pro Sekunde radioaktiv zerfielen. Auf den relativen Nullpunkt gebracht lenkt wieder superfluides Helium die Detektoren unsichtbarer Frequenzbereiche. Über die Ursache des planetenleerenden Phänomens und dessen Opferzahl wurde weiterhin diskutiert. Für das Ende wäre geraten worden, sich Wünsche zu erfüllen. Ich benötigte unter Umständen länger, zu überlegen, was damit gemeint sein könnte, ehe ich zu einem eigenen Ergebnis hätte kommen können. Ich möchte beispielsweise einen Satz im Konjunktiv einer fremden Sprache formulieren, nur um zu hören, was es für einen Effekt auf mich hätte. Dies zu verfolgen erweist sich als ermüdend. Sinn würde es hingegen machen, die letzten Tage des Daseins so schrecklich wie möglich zu gestalten.
Die Nacht zog erneut über die Stadt, wie sie es so viele Male davor getan hatte. Es war langweilig und es wiederholte sich. Der Inhalt eines begrenzten Zustandes blieb immer gleich, vielleicht änderten sich Relationen. Nicht zu wissen, wie es weitergehen würde, raubte mir die Kraft. Noch so oft sah ich mich um, in meiner Wohnung, noch so oft ging ich auf die Straße, tat Dinge, noch so oft begann der Tag in Wetter und endete mit Stille.
Wo war der Rest? Was verblieb von Milliarden Schicksalen? Als Einziges; keine Reue.

Gerade noch erfasste ich dann den Verlust der Kontrolle. Mein System delirierte in Leere. Im Zustand des völligen Begriffes zeigte sich mir meine Unfähigkeit, der Vernunft weiterhin Glauben zu schenken. Eine gut überwachte Dokumentation der besitzergreifenden Irrationalität machte mir dennoch Freude. Und keine Angst, wovor man nicht haben sollte. Flieh, flieh, reite hinfort, Zustand der Vielen! Lass mich dich ansprechen, du, hattest genommen die Pflicht zur Domination. Mit vier Augen konnte ich sehen all das, was die Schranken der Erziehung verdeckten. Sei nett zu mir, ich werde deine Unordnung respektieren. Und so verlor ich es.

Kurz vor meinem eigenen Aufprall kehre ich zurück zum perfekten Moment. Damals im Restaurant, als unsere Verbindung einen Höhepunkt erreicht hatte, der mir keinen Wunsch mehr offenließ. Blind vor meinem Glück erfährt mich erst spät die Erkenntnis über deine Wahrnehmung dieses einen Abends. Als würde es keiner Erläuterung bedürfen, so klar erklärt sich mir jetzt dein Eindruck, dein Erlebnis, dein Schmerz, der sich nachzog. Dieser eine Abend hat etwas zerstört zwischen uns. Er hat einen Graben gezogen, der uns bis zum Ende trennte. Als würde man mich zwingen, nun genau hinzusehen. In vollem Gefühl, dein Körper glühend vor Glück, zurückgelehnt auf dem Stuhl, den linken Arm über den Körper gelehnt, die ausgestreckte rechte Hand auf dem Rand des Weinglases spielend. Zu dem Zeitpunkt, als ich den Tisch verlassen hatte, hast du den Blick auf den Tisch gesenkt, um nur für dich ganz alleine das Schöne des Momentes zu wissen. In dir war für nichts anderes Platz, als zu fühlen.
Deine Euphorie hielt einige Zeit an, nicht zuletzt ging sie in Vorfreude über, mich wiederzusehen. Zu dieser Zeit hatte ich das schon ausgeblendet, war bereits ohne Jacke auf die Straße getreten und beobachtete die haltende Trambahn vor dem Restaurant. Der Wunsch auf eine gemeinsame Zukunft als Frucht des harmonischen Glücks war längst der Angst vor bedingungsloser, losge-

löster und vollkommener Emotion gewichen. Ich hätte nicht daran gedacht, wie du noch im Restaurant sitzt und anders denken würdest als ich. Eines Tages würde ich dich darum beneiden, um diese Fähigkeit des echten Gefühles.
Dann verging die Zeit. Nach Ungewissheit folgte der Unmut, Unsicherheit löste die Spannung, Einsamkeit nährte die Enttäuschung. Der Rest ist bekannt. Diese eine Narbe konnte ich nicht heilen, dieser eine Verlust des Vertrauens entzog für immer das Fundament einer möglichen Liebe. In den langen Jahren habe ich es nicht geschafft, dir zu beschreiben den Grund, warum ich damals nicht in das Restaurant zurückgekommen bin.
Nicht Wasser war unser Element.

Das erste Mal hole ich die alte Postkarte mit dem Clown hervor, die wir zusammen bekommen hatten. Hat man gehört von einem Druck, der von oben kommt, ganz bestimmt und haltlos mir den Kopf zerdrückt. Ich halte es nicht mehr aus. Ich platze aus mir heraus.
Raus werde ich rennen, die Sehnsucht nach Asphalt stillen. Wo ist der Halt, die Gewalt der Natur. In der Nacht, im dunklen Regen, wenn die Kälte als letztes Symbol der Wahrhaftigkeit zu meinen tauben Sinnen dringt, laufe ich dann tobend weiter und werfe meinen Mantel auf die Straße, meine Kleider in die Gosse, sodass ich nackt sein kann, sodass ich alles spüren kann, keinen Schmerz verschenken muss, so werfe ich mich in den nassen Dreck und drehe wissend in Staub und Stein die menschliche Haut wund, bis das Brennen in den blutigen Wunden die Barmherzigkeit der Kälte besiegt hat. Echte Freude zwingt mich zum lächerlichen Grinsen, bin ich doch der Einzige, der sich in so viel Sinnlosigkeit dauer-

haft gut fühlt. Mit langer Zunge lecke ich über die harten Pflastersteine, weil ich Gegenwart haben möchte. Mit echter Träne bemitleide ich die taube Gefühllosigkeit jedes Wohnzimmers. Wohnen! Ich möchte bitte wohnen, als ich den Kopf gegen das Metallgitter der Brücke schlage. Seht her, wie ich mir mein eigenes Opfer bin, unnachgiebig, stark und blutig kann ich an mich glauben. Das Ende ist nichts für mich, als Nichts zu keinem Inhalt ist es zur Bedeutungslosigkeit verkommen. So muss ich mich von keinem Zustand befreien. Jeder Schmerz ist zusätzlich. Ich bin der Großinquisitor, wenn Sie sich bemühen mögen.

Jetzt bin ich mir sicher, ich sehe die Zukunft. Halt, es dämmert. Ich kann dem Wahnsinn nicht verfallen, sonst bezeugte ich Unbelehrbarkeit der Glaubensarmut. Stillstand der Skepsis, im Sinne irr (oder ist der Wahnsinn die höchste Form der geistigen Freiheit?). Kein Schaden dringt in die Vorstellung. Innen geschützt vor epilogischer Gewalt. Bitte, kehre zurück zur Schönheit! Wie die anderen. Dem, der alles geschaffen, widerfährt im letzten Geleit die starke Faust des Themas durch Mark und Gebein. Mein Gott, es ist Viertel vor vier.

EIN LEBEN

Viel später erst

Es war der schönste Moment, als ich wieder zu Bewusstsein kam. Es war der erste Morgen, der wie ein ganz neuer Versuch eines beginnenden Tages, ein Prototyp der Frühe, in meinem Leben stand. Es war ein kontrollierter Verbrauch von Alkohol, der die Dinge in meinen wenigen Tagen immer mehr mitbestimmte, um mich vom Missbrauch abzuhalten. Vor schleichenden Veränderungen hätte ich am meisten Angst gehabt, wenn ich zu viel davon mitbekommen würde. Jetzt war es wie vorher, wenn es das gegeben hatte. Ohne andere war es wieder möglich, in eine Bar zu gehen, die um die Ecke, um eine Kleinigkeit zu essen, vielleicht auch um dazu zu trinken, Wermut oder Schnaps, großstädtisch das Getränk, passend zur am Tresen sitzenden Frau. Natürlich saß sie diesmal da und drehte sich um, während sie es peinlichst vermied, es sich anmerken zu lassen. So viele potenzielle Erlebnisse im dunklen Schein der roten Laterne am hölzernen Ecktisch unter dem unechten Geweih eines mächtigen Hirsches. An den Nachbartischen wurde viel gesprochen und geraucht. Hände und Gesten fuhren eigensinnig durch den Abend und erklärten die Exaktheit der Vorlieben und das Irrationale der Ausbildung. Man entschuldigte sich, ereiferte sich, glänzte, strahlt, vergibt. Nasal vorgetragen das, was man so gern machte. Tatsächlich gab es Traumata, trainiert und doch in der Schule zum Nachtanzen gebeten, ohne Wunsch der eigenen Entscheidung ausgeliefert. Oh großes Leben, wie gingst du voran. Wir wussten doch am Nachbartisch, was du brauchst, Welt. Die Schlimmsten waren immer noch die, die nachdachten. Auf der Speisekarte diesmal französisch Crêpe, nicht ohne über die Arbeit gesprochen zu haben. Gleichheit und Freiheit als Schlagworte vorne, verwirklicht wird sich zwischen den Zeilen. Das Material des Lebens zu finden, Modelle, Entwürfe, alles durcheinander, im kosmischen Mixer, laut und unrund. Wie Boote ankerten wir an den Inseln der einzelnen Tische im gleichen Meer dieser Bar. Wirf dein Eisen und setz dich dazu, nein, hier, nimm den Blick zurück, das Seil, das du herüberwarfst. Ich habe heute einen freien Tag, Ausgang, hatte ich dir das erzählt, als ich sie sah, wieder im Schein der schwachen Beleuchtung, von der Ferne wie Feuer aussehend, in der besten Natürlichkeit über den Tisch gebeugt, der Freundin den jugendlichen Enthusiasmus über den Tisch schleudernd, mit dem entwaffnenden und seit Anbeginn unschuldigen Lächeln. Nichts kann dich aus der Pose bringen, dieser Fluss der Dinge ist deiner. (Genau darum ging es.) Behalte ihn für dich als wortloses Bild, das als Illusion die zuckersüßen Phantasien des Lebens immerfort nährt! Spiel mit dem Haar, führ den Strohhalm zum Mund. Trocken wird die Kommunikation nur, zwischen Fremden und Brüdern. Schnaps klein oder groß, sind deine Finger kalt? Locker wie die Strähne im Haar fällt der Moment zurück ins glückliche Leben. Ohne Schutz den Blicken ausgeliefert, im nackten Mantel der Unschuld stolzierte die eigene Entfaltung rechtfertigend durch den Raum und begrüßte die anderen. Der Mensch

sich heute phänomenal betrank, gar morgen im nüchternen Leben bestand.
Doppelt im Leben konnte ich mich nicht des Eindruckes mehrerer Blicke erwehren. Sie kamen vom runden Nachbartisch, dort, wo noch alles toll war (in tötender Stimmlage, die sich auch im Sterben nicht modulierte). Wir können Wahnsinn, wir können Gier. Lust für Liebe, Lust für Bier. Im Fahrersitz, immer abwechselnd – sich verwechselnd – die Hoffnung und der Glaube. Rationalität und Quadrat bemühten alleine keine Handlung. Und auf einmal sah ich auf und ihr wart weg! Ersetzt zwar, durch des jungen Blutes Gewächs, doch ohne Inhalt zu geben, dem großen Ballon der zukünftigen Erlebnisse. (Ihr redet ja auch über Tanztheater.) Dann eben doch die Stiefel an der Bar, stolz und bestimmt, den Abend rettend, den peinlichen Pathos ignorierend, für uns – wer es dann immer sein durfte.

Verwunderlich würde es nicht sein, dass mein Kopf nach rechts nickt, immer wieder, krankhaft. Gehen Sie in eine Bar, um alleine zu sein? Nein, eher wegen der Stimmung, der Aura der Vielen; (drei haben bei uns in der Wohnung übernachtet. Fantastisch, ich gehe weiterhin zu Hause auf die Toilette). Der Takt des Erlebnisses, Stakkato der fliegenden Kleiderstücke, Unruhe beim Schlüsselsuchen, Spannung nach dem Einschalten des Lichts, Komparsen des musiklosen Momentes. Dreh dich im Takt der Unerwartung, alles andere ist bekannt, das Bierglas in der Hand.

Und das alles am zweiten Tag nach dem Untergang. Warum gingst du nicht alleine nach Hause? Weil du strahltest! In himmelgelben Mustern blitzte es aus deiner

Präsenz, die so unangefochten den Ruhepuls des Momentes diktierte. Kraft und Energie tropften vor Zuversicht aus der glaubhaften Eloquenz, die trotzdem dem Körperlichen immer unterlegen sein würde. Die Platte des runden Tisches war aus Granit, als ich gähnte, müde des Lebens, müde meiner eigenen Existenz. Hinter dem Tresen fiel für einen späteren Moment in leisem Klimpern das Trinkgeld in das Glas. Das letzte Geschirr wurde melancholisch abgeräumt, als ich gerade noch hochschrecke, halt! Nicht die Hoffnung, die trinke ich noch. Keiner wollte noch nie in eine Bar. Ich griff in den Hosensack und sah den müden Kellner von dort aus an. Was kostet der letzte Moment?

Es war Zeit, etwas zu beenden, was sich nicht selber beendete. Woher hätte ich die Kraft nehmen sollen, an ein Weitermachen zu denken? Woher den Glauben, dass nicht die nächste Nachrichtenmeldung ernst sein würde? Dass der vorgetragene Satz über Tote und Tötungen nicht doch mal übergreift in unser Wohnzimmer? (Thematisch können wir darüber verhandeln.) Am besten würde ich jetzt eine Uhrzeit angeben, zu der Tageszeit, die jetzt aktuell war. Dunkel lag mein Zimmer im anonymen Erker dieser Welt. Freundschaftlich betrachtete ich die einzig funktionierende Glühbirne in dem Kronleuchter an der Decke, wo sich fünf andere Fassungen umsonst bemühten. Der sichere Wurf des Schlüssels auf die Kommode war das Einzige, was vom Selbstverständnis blieb. In der Vorstellung ging ich die Liste von Telefonnummern durch, von Menschen, die ich kannte und mit denen ich eventuell reden konnte. Am Fenster die roten Vorhänge. Dahinter stand niemand. Am goldenen Saum wischte man sich das Erbrochene des Untragbaren ab. Vorher war das Selbstverständnis eigentlicher. Der Geist des letzten Seefahrers auf der hölzernen Kommode meines uneigentlichen Schlafzimmers.

Es war die Pistole, die mir mit ihrem eisernen Gewicht etwas bedeutete. Die Wohnungstür stand noch offen und die kalte Luft des Treppenhauses zog feucht durch den Raum. Was ist gewesen und was wird sein. Wenn wir es selber schaffen, uns zu vernichten, bevor es andere Kräfte taten, wird es immer weitergehen. Das Pendel der Zeit als kleinstes Element, beständig gegen jede Chemie, gegen jedes Gesetz, für immer bestimmt, unermüdlich gegen alles anzuticken. Im Zerfall des Lebens, in der leisen Implosion aller Systeme. Im Verpuffen aller Materie schreitet voran beständig die Zeit. Neben die Pistole lege ich diesen Bericht. In zwei Stunden geht ein Zug in den Süden, an eine Küste. Dort, wo eine Sonne strahlt, die mir unvoreingenommen gegenübertreten würde. An einen Ort, wo ich als neuer Mensch den ursprünglichen Zustand der Fluten erleben könnte.
Bahnhöfe als Orte des Zustandswechsels. Es wird dem Ende des Berichtes obliegen, ob ich diesen Zug schaffe, in welcher Flucht mein Sinn liegt. Ich konnte keine Grenzen austesten, weil meine Einbildung keine hatte. (Nur wer in der Badewanne stirbt, lebt weiter.)

Eines wird gewiss sein, täuschen lasse ich mich nicht mehr. Nicht vom rücksichtslosen Fortgang der unbarmherzigen Zeit, versuchend, mir den Schmerz zu nehmen, auch nicht von der Täuschung aller Menschen, auftretend als Individuen. Keine falsche Realität kann mich blenden, sodass ich nicht mehr sähe, meine Liebe und meine Momente mit ihr, sodass sie verkommen würden zu Abbildern eines anderen Lebens. Erinnerung, nimm mir nicht die Qual! Sonst hätte ich nicht gemusst, es zu erleben!

Und dann wollte ich wissen, was Du bist! Dein Geheimnis und Deine Motivation. Tief in Dir begraben liegt das Schöne, was Du lebst. Du ziehst mich an, Du interessierst mich. Das, was Du erzählst, wird für immer in mir begraben sein. Woher kommt das, woher nimmst Du das. Wieso hat es kein anderer?

So bleibe ich zurück in der leeren Hülle meines Daseins, bitter enttäuscht noch von der letzten Erwartung. Am Strand wird angeschwemmt der aufgedunsene Beweis der leblosen Schuld. Du bist dort und hast es geschafft. Hast es vollbracht, deinem Leben durch den Schluss eine Form, deinem Dasein das feine Profil eines Sinnes zu geben.
Damit verlässt du mich hier. Denn ich muss weiterleben.

Danke!
Bruder & Schwester, Irene Ip, Oliver Viel,
Martina Vlahov, B für den Moment

parallelweg-N Verlag

No eternal reward will forgive us now for wasting the dawn. – J. Morrison